Le mariage de Dora

LOUISE FULLER

Le mariage de Dora

Traduction française de
CHRISTINE MAZAUD

AZUR

HARLEQUIN

Collection : Azur

Titre original :
THE RULES OF HIS BABY BARGAIN

HARPERCOLLINS FRANCE
83-85, boulevard Vincent-Auriol, 75646 PARIS CEDEX 13
Service Lectrices — Tél. : 01 45 82 47 47 - www.harlequin.fr
ISBN 978-2-2804-5683-8 — ISSN 0993-4448

Composé et édité par HarperCollins France. Achevé d'imprimer en juin 2021.
par CPI Black Print - Barcelone - Espagne
Dépôt légal : juillet 2021.

FSC www.fsc.org MIXTE Papier issu de sources responsables FSC® C159065

Pour limiter l'empreinte environnementale de ses livres, HarperCollins France s'engage à n'utiliser que du papier fabriqué à partir de bois provenant de forêts gérées durablement et de manière responsable.

1.

Son parapluie à la main, Dora Thorn s'arrêta pour regarder le numéro apposé sur l'importante porte noire. Son cœur battait, aussi assourdissant que la pluie qui frappait le trottoir. Londres était noyée sous des trombes d'eau.

Les doigts tremblants, elle ôta ses écouteurs, faisant valser ses cheveux blonds dans le vent.

Ça doit être ça, pensa-t-elle.

Elle sortait la lettre de son sac pour vérifier l'adresse qu'elle avait déjà lue des dizaines de fois.

120 Graham Street.

Le numéro vérifié – une nouvelle fois – sur la porte, elle la vit, là, à peine lisible dans la lumière chiche de ce mois de mars, la discrète plaque en cuivre sur laquelle était gravé *Capel Muir Fellowes.*

Pas de doute, c'était bien là.

Prenant une profonde inspiration, elle sonna et entendit le clic de la porte qui s'ouvrait. Elle s'avança vers les deux jeunes gens assis à la réception.

— Vous désirez ? lui dit l'un d'eux, tout sourire.

Dora hésita, puis lui rendit l'un de ces sourires dont elle avait le secret…

Depuis deux mois ou presque, le seul mâle dans sa vie était un bébé qui portait encore des couches et totalisait huit quenottes. Elle en avait presque oublié qu'il existait des hommes infiniment séduisants. Et propres. Archie était tout le temps barbouillé, surtout maintenant qu'il voulait manger seul.

Un peu crispée, elle se jeta à l'eau.

— Bonjour, je suis Dora Thorn et j'ai rendez-vous avec…

Elle fronça les sourcils, coinça son parapluie sous son bras et regarda sa lettre.

— … Avec M. Muir.

Le jeune homme la regarda, étonné, et lança un coup d'œil à son collègue.

— Un instant. Je vais le prévenir. Asseyez-vous, je vous prie.

Elle alla prendre place dans un superbe fauteuil et attendit, partagée entre soulagement et tristesse.

Capel Muir Fellowes était le cabinet d'avocats de son père. Enfin, *avait été*… Elle avait raté leur appel téléphonique la veille du jour où elle avait reçu la lettre.

Son cœur se serra. Elle n'avait ni vu son père ni entendu parler de lui depuis les obsèques de Della. C'était étonnant qu'il cherche à la joindre aujourd'hui.

Peut-être le décès d'une fille avait-il rappelé à David Thorn qu'il avait aussi une autre fille ?

Elle haussa les épaules.

Même pas sûr…

Il se sentait peut-être une forme de responsabilité vis-à-vis de son petit-fils. Une responsabilité financière, uniquement, car il y avait bien longtemps qu'il avait choisi d'ignorer ce qu'un enfant attend d'un parent : de l'affection.

Évidemment, tout ceci n'était que suppositions. David Thorn étant ce qu'il était, il ne lui avait évidemment pas laissé de message pour l'informer lui-même. Demander à un tiers de traiter avec elle lui ressemblait beaucoup. C'était son style. Il n'y avait pas d'autre explication.

Elle soupira et, la gorge nouée, repensa à ce matin horrible où deux policiers s'étaient présentés chez elle.

Elle venait de se coucher – à l'heure où d'autres se lèvent ! – et, le manque de sommeil aidant, les avait reçus, l'air complètement ahuri. Sans doute avait-elle dépassé les bornes, la veille, en allant en boîte de nuit ? Était-ce pour cette raison qu'ils étaient là ? s'était-elle demandé, en pleine confusion.

Pas une seconde ne lui était venue à l'esprit l'idée qu'ils venaient lui parler de Della. Pour lui dire quoi ?

Della avait toujours été la grande sœur raisonnable. Travailleuse, consciencieuse, gentille bien qu'un peu autoritaire. En un mot, parfaite. Le genre de personne qui attend sagement que le feu passe au vert pour traverser la rue et qui, même quand c'est vert, regarde deux fois de chaque côté avant de s'engager dans les clous.

Il était impensable qu'il ait pu lui arriver quelque chose.

Et pourtant…

L'impossible catastrophe s'était produite. Sa grande sœur avait été renversée par une voiture en se rendant au travail à bicyclette. Dès son arrivée à l'hôpital, on l'avait déclarée morte.

Dora sentit les larmes lui monter aux yeux.

Il avait suffi de quelques secondes aux policiers pour lui asséner la nouvelle. Quelques secondes pendant lesquelles elle avait eu l'impression de se vider de toute sa substance. Bien sûr, elle était toujours vivante mais sa vie avait changé pour toujours, brisée.

Perdre Della avait été une douleur violente, crue, suivie, plus tard, d'un chagrin sourd qui ne cédait jamais. Dora n'avait plus vu personne, encore moins parlé à quiconque de peur de s'effondrer. Elle avait eu l'impression d'avoir une pierre à la place du cœur. Elle n'avait plus désiré qu'une chose, se terrer au fond de son lit et fuir les autres, fuir ce monde où un événement aussi horrible et injuste pouvait frapper n'importe qui au hasard.

Si elle s'était écoutée, c'est ce qu'elle aurait fait : se cacher dans son lit et ne plus en sortir. Mais il y avait Archie. Quelqu'un devait s'occuper de lui.

Elle sentit son cœur se serrer à cette pensée. Si perdre sa sœur lui avait fait un choc terrible, savoir qu'elle allait devoir élever son neveu de onze mois lui avait paru insurmontable, pire que naviguer sans boussole sur une mer déchaînée.

Bien sûr, elle aimait beaucoup Archie. De là à l'élever... C'était terrifiant. Elle ne connaissait rien aux bébés.

Della n'avait pas laissé de testament. C'était la seconde fois que sa sœur, pourtant si prévoyante et organisée, faisait preuve de légèreté.

La première fois avait eu lieu deux ans plus tôt. Della était tombée amoureuse d'un magnat du jeu, milliardaire, de vingt ans son aîné, Lao Dan.

C'était aussi son patron.

Et Della ne s'était pas contentée de tomber amoureuse. Elle s'était retrouvée enceinte. D'Archie...

Dora soupira et revint à ce qui la préoccupait.

Sa sœur n'avait pas laissé de testament, mais cela ne signifiait pas qu'elle n'avait pas laissé d'instructions sur ce qu'elle souhaitait s'il lui arrivait malheur.

— Mademoiselle Thorn ?

Un homme apparut devant elle. La quarantaine, cheveux argentés, costume gris à rayures tennis...

Elle se leva pour lui serrer la main.

— Ravi de faire votre connaissance et merci à vous d'être venue dès aujourd'hui. Je suis Peter Muir, un des avocats du cabinet. De notre part à tous, je vous présente nos sincères condoléances. Quel affreux accident !

Le sourire de Dora se figea.

— Merci.

Elle se serait bien passée des simagrées de cet inconnu mais elle était soulagée. Elle avait vu juste. De toute évidence, son père était derrière tout cela. Sinon, comment cet avocat aurait-il su les détails de la mort de Della ?

— Veuillez me suivre, nous allons nous installer dans la salle de réunion. Elle est plus chaleureuse que mon bureau.

Bon sang ! Pourquoi affichait-il cette mine consternée ?

— M. Law a prévenu qu'il aurait un léger retard.

Bien qu'ignorant qui était ce M. Law, Dora opina.

— Nous y voilà, dit-il entrant dans une pièce immense, plus vaste que tout le rez-de-chaussée de la maison qu'elle habitait.

C'était clair, ils ne partageaient pas la même notion du mot chaleureux.

— Quelque chose à boire ? Café ? Thé ?

Archie faisant ses dents, malgré ses pleurs elle avait fini par s'endormir, mais très tard, et elle n'avait pas eu le temps de prendre de petit déjeuner à son réveil. À cet instant, elle aurait tout donné pour un pain au chocolat.

— Un café. Merci. Sans sucre et sans lait.

— Susannah, appela M. Muir, à l'adresse d'une ravissante blonde tout droit sortie d'un film de Hitchcock. Un café, s'il vous plaît. Excusez-moi un instant, mademoiselle Thorn. Je vais chercher le dossier.

— Je vous en prie.

Une fois seule, Dora s'enfonça sur le canapé moelleux recouvert d'un épais velours de laine taupe et, brusquement, se redressa. Si elle se laissait aller, dans deux minutes elle s'endormirait. Or ce n'était pas le moment, il fallait qu'elle garde les idées claires !

Della n'étant plus là, c'était elle, maintenant, l'adulte. Et, comme si se « gérer » elle-même ne suffisait pas, elle allait devoir assumer la responsabilité d'élever Archie, ce qui, apparemment, cela n'avait pas demandé le moindre effort à sa sœur. Celle-ci s'était également occupée d'elle, sa petite sœur, après le départ de leur père. Sa désertion, plutôt…

Elle rougit au souvenir de l'adolescente qu'elle avait été. Paresseuse, insolente, râleuse et boudeuse. En rage contre tout et tout le monde, et traînant partout son ennui. L'ado typique.

Heureusement, Della veillait. La maison était toujours bien rangée et il y avait toujours de quoi manger dans le réfrigérateur. Et elle n'avait jamais été dépassée au point de songer à confier Dora à l'assistance publique.

Elle regarda par la fenêtre. Le ciel était plombé, et le sentiment de culpabilité qu'elle essayait de faire taire depuis la fin de la semaine passée revint la tarauder.

C'était le vendredi précédent, donc, après quelques jours particulièrement éprouvants, qu'elle avait entrepris la honteuse démarche. Depuis le décès de Della, Archie était déstabilisé, tourmenté. En général, elle réussissait à le distraire et à le calmer mais, la dernière fois, rien n'y avait fait. Il restait inconsolable et trépignait, rouge de colère.

Ne sachant plus à quel saint se vouer, elle avait dû admettre qu'il souffrait et – elle le savait depuis le départ – qu'elle ne serait jamais Della.

Jamais elle ne remplacerait sa sœur, la maman de son neveu. Elle était une pâle copie, à peine capable de s'occuper d'elle-même, encore moins d'un bébé. Ce qu'il fallait à Archie, c'était quelqu'un qui se charge vraiment de lui, quelqu'un qui connaisse « le métier ».

La visite qu'elle avait faite le lendemain aux services sociaux l'avait soulagée. La dame qui l'avait reçue était gentille et compréhensive et ne l'avait pas jugée. Mais, avant même la fin de l'entretien, Dora avait su qu'elle ne pourrait pas abandonner Archie.

C'était sûr, la vie avec lui allait être compliquée. Il lui prendrait tout son temps, l'épuiserait. Mais le laisser… Non, elle ne le supporterait pas.

Il était sa chair et son sang, le dernier lien avec sa sœur.

Et quand elle l'avait repris dans la crèche pour le ramener chez elle, elle l'avait serré dans ses bras à l'étouffer et s'était juré de faire tout ce qu'elle pourrait pour lui, comme sa sœur l'avait fait pour elle.

Cette décision impliquerait des sacrifices qu'elle était prête à consentir, même si elle devait continuer de travailler comme serveuse. Servir des cocktails au bar du Blakely, un casino du West End, n'était pas le boulot dont elle rêvait mais les clients laissaient des pourboires confortables et, pour l'heure, elle n'avait pas le temps de chercher autre chose.

D'autre part, quoi qu'elle fasse, ça ne serait pas, ça ne pourrait pas être, ce qu'elle avait vraiment envie de faire.

Bref… Ce n'était pas le moment de ressasser tout ça. D'ailleurs Susannah entrait, un plateau dans les mains. En plus du café, elle apportait des *biscotti*.

Chic ! Elle était sur le point de s'évanouir tellement elle avait faim.

— M. Muir m'a demandé de vous prévenir que M. Law vient d'arriver, dit l'assistante.

Ce M. Law devait être quelqu'un d'important pour que tous parlent de lui avec tant de componction.

À cet instant, M. Muir entra, très souriant.

— Voici Mlle Thorn, dit-il à l'homme qui l'accompagnait.

Dora se leva et, machinalement, tendit la main. Compte tenu de l'effet qu'il semblait faire au personnel de son cabinet, elle s'attendait à un personnage âgé et très impressionnant. Erreur. Devant elle se tenait un trentenaire fringant et beau comme un dieu. Et qui, bizarrement, lui rappelait quelque chose. Ou plutôt, quelqu'un.

Mais, vu son manque de réaction, il était clair qu'elle ne lui rappelait rien.

Elle rêvait peut-être, en fait ? Depuis la mort de Della, ses nuits étaient peuplées de rêves étranges qui la réveillaient en sursaut.

Non, elle ne rêvait pas. Elle avait devant les yeux un homme en chair et en os. Un superbe spécimen de virilité. La plus belle créature masculine qu'elle ait jamais vue. Ses cheveux noirs, ses pommettes saillantes et le modelé de ses lèvres ne pouvaient laisser indifférente.

Une vague de chaleur la submergea soudainement.

La tête penchée sur le côté, il la considérait avec attention. Avec trop d'insistance à son goût.

Leurs regards se soudèrent et, sans qu'elle s'y attende, il lui prit le bras, faisant naître en elle une étrange chaleur qui se diffusa dans tout son corps.

Sa poigne était ferme sans être brutale, mais il dégageait une impression d'autorité qui montrait que ce n'était pas chez lui une posture.

De plus en plus intimidée, elle commença à perdre son sang-froid. Son cœur se mit à cogner comme un fou contre ses côtes.

Ce n'était pas la première fois qu'elle accrochait le regard d'un homme, mais c'était le premier homme qui posait sur elle ce regard magnétique. Elle avait l'impression d'un laser qui la transperçait.

Elle se mit à frissonner. Pas parce qu'il la détaillait de la tête aux pieds mais parce que, prenant brusquement conscience de l'étrangeté de son regard, elle réalisa que Charlie Law la désapprouvait mais, aussi… la désirait.

Elle était habituée à ces deux réactions, mais jamais chez la même personne ni en même temps ! Ce qui se passait là était si étonnant qu'elle se sentit désarçonnée.

Pourquoi cet homme réagissait-il ainsi en la voyant, elle, une parfaite inconnue ?

Il remonta vers son visage, s'y attarda et se tourna vers son associé.

— Merci, Peter. Je vais prendre la suite. À condition que Mlle Thorn n'y voie pas d'objection ?

Les épaules contractées à en avoir mal, elle avait envie de se rasseoir et de ne plus bouger. C'était la première fois qu'elle l'entendait parler et sa voix était douce et caressante. La voix d'un homme qui n'avait pas besoin de crier pour se faire entendre. Un homme qui savait que tout le monde le respectait.

Consciente que son émoi devait se lire sur son visage, elle chercha vite quelque chose à dire.

— Je pense que je dois pouvoir survivre ! lança-t-elle sur un ton qui se voulait dégagé.

Il ne répondit pas et continua de la dévisager jusqu'au départ de M. Muir. Il prit alors un siège et lui fit signe de s'asseoir.

Avec son regard rivé sur elle, elle se sentait de plus en plus mal à l'aise mais ne voulait surtout pas qu'il s'en rende compte. Elle croisa les bras, puis les décroisa aussi vite.

— Je vais me servir un café, dit-elle. Vous en voulez un ?

— Non, je ne bois pas de café. J'aimerais régler rapidement l'affaire qui vous amène. J'ai une autre réunion à suivre.

Le ton était froid maintenant. S'il était si pressé, pourquoi lui avait-il demandé de venir ce matin ? Elle serait volontiers restée au lit. Estimait-il qu'elle lui faisait perdre son temps ? De toute façon, son père le paierait au temps passé.

— Sans doute pas aussi importante que celle-ci, déclara-t-elle.

Regrettant un peu son insolence, elle plaqua la main sur sa bouche. Et puis zut ! Pourquoi se gêner ?

— Vous savez quoi ? dit-elle brusquement. J'ai l'impression de vous connaître.

Il continua de la fixer, sans rien dire, semblant réfléchir à sa remarque et à la réponse qu'il allait lui faire.

En tout cas, pour quelqu'un qui se disait pressé, deux minutes plus tôt, il prenait tout son temps.

— C'est sans doute parce que je ressemble à mon frère.

— Peut-être, mais je ne le connais pas !

Elle fronça les sourcils, frissonnant de nouveau. Pourquoi la regardait-il comme cela ?

— Si, rétorqua-t-il, vous le connaissez.

Il souriait, maintenant. Un sourire très contrôlé.

— Vous le connaissez même très bien.

Il marqua un temps d'arrêt.

— Votre neveu, Archie, est mon frère. Mon demi-frère plus précisément.

Tout se mit à tourner. Elle chercha son souffle. Essaya de se rappeler des bribes des conversations qu'elle avait eues avec Della. En effet, le père d'Archie, Lao Dan, avait d'autres enfants, plus âgés, des filles d'un précédent mariage et un fils, Charlie.

Une boule se forma dans sa gorge.

Évidemment ! La ressemblance était flagrante. La même bouche et cette même lueur agressive dans le regard…

Ainsi donc, la mère de Charlie était encore mariée avec Lao Dan quand celui-ci était sorti avec sa sœur. Della était donc sa maîtresse… Elle comprenait maintenant pourquoi le demi-frère de son neveu l'avait regardée avec cet air de reproche. En revanche, cela n'expliquait pas ce qu'il faisait ici, dans cette pièce. Avec elle.

— Vous n'êtes pas avocat ! lança-t-elle.

Il fit non de la tête.

— Et vous avez menti sur votre nom de famille.

— Je n'ai pas menti. *Vous* avez imaginé que j'étais avocat. Quant à mon patronyme, adopter un nom anglais se fait couramment. Cela évite aux gens d'écorcher mon vrai nom.

Elle frissonna de plus belle. Un froid glacial venait d'envahir tout son corps.

— Dites-moi ce que vous voulez me dire et finissons-en ! s'entendit-elle dire.

Elle l'avait plus ou moins deviné, en fait, et comme pour confirmer ses craintes, il garda le silence.

— Non…, murmura-t-elle.

Elle hocha la tête comme si ce mouvement pouvait empêcher sa voix de trembler.

— Non, répéta-t-elle. Archie est *mon* neveu et…

— Et *mon* frère.

Elle crut voir tout chavirer autour d'elle, mais très lentement, comme si les paroles de ce M. Law lui parvenaient à travers un épais brouillard.

La panique referma ses griffes sur elle, la colère aussi. Elle le regarda droit dans les yeux, essayant de ne pas ciller. Forte comme jamais, pour une fois.

— J'ai la garde d'Archie, et j'entends bien la conserver !

— Une garde *temporaire*. N'est-ce pas ?

Charlie Law regarda la femme assise en face de lui. Il l'avait brutalisée. Délibérément. Il savait qu'il n'avait aucun droit sur Archie. Pas encore, en tout cas. Il voulait juste voir sa réaction. Il avait vu. Elle était sidérée. Dévastée.

Un autre homme aurait peut-être eu pitié d'elle. Sûrement pas lui. La pitié était une marque de faiblesse. Il ne la tolérait pas chez les autres, et encore moins chez lui.

Il continua de scruter son visage, essayant d'ignorer le désir qu'elle lui inspirait.

Son père, Lao Dan, était un homme immensément riche, propriétaire de nombreuses œuvres d'art, peintures et sculptures de femmes belles et voluptueuses. Mais aucune n'arrivait à la cheville de Dora. Avec sa peau claire, ses cheveux blonds souples, un peu ébouriffés, ses yeux gris, soulignés de mascara, elle avait tout d'un Botticelli.

Mais la ressemblance s'arrêtait là.

Il jeta un coup d'œil au dossier que Peter Muir lui avait remis. Dessous, à part, se trouvait un rapport qu'il avait demandé à son service de sécurité londonien. Ce rapport ne lui avait rien appris, il n'avait fait que confirmer ses soupçons.

Aussi belle et désirable soit-elle, Dora Thorn n'était pas fiable. Écervelée, sans limites mais aussi sans ressources, elle était incapable d'élever son demi-frère décemment.

Côté vie sociale, elle était très au point. Elle batifolait, naviguait entre plusieurs groupes d'amis ; et Londres, son terrain de jeu, semblait peuplé de jeunes gens auxquels elle avait brisé le cœur. Mais elle avait une certaine estime d'elle-même et considérait qu'elle méritait mieux que ces étudiants pâlichons et sans le sou. Comme elle ne doutait pas de son charme, elle pensait qu'elle séduirait facilement des hommes fortunés parmi les joueurs qui venaient dépenser sans compter au casino Blakely.

Il laissa son regard glisser sur con corps. Pas de doute : elle avait tout pour plaire.

Il pouvait pardonner certaines choses – sa jupe crayon et son chemisier *habillé* qu'elle avait dû emprunter à une autre – mais le sang était un marqueur indélébile de la personnalité.

Il avait travaillé avec sa sœur, lui avait fait confiance, et elle n'avait été qu'un mensonge incarné. Elle n'avait pas menti. Non. Elle avait fait pire. Elle avait séduit son père… son père marié.

Dora ne lui ressemblait peut-être pas physiquement, mais ce n'était pas ce qui comptait. Ce qui était important, c'était ce qu'il y avait *sous les apparences.*

Sur le papier, elle était troublante. En vrai…

Son chemisier en soie grise s'était entrouvert, laissant apparaître un triangle de peau diaphane qui attirait inexorablement le regard. Il se crispa. En vrai, elle était troublante avec un grand T. Et c'était peu dire…

Trois soirs plus tôt, il était allé au casino où elle travaillait. Juste pour humer l'ambiance. Londres présentait des atouts pour le projet d'expansion de l'empire Lao. Le casino de Blakely était petit mais très rentable.

En fait, il souhaitait voir, de ses propres yeux, cette Dora Thorn. Les casinos, il était bien placé pour le savoir, fournissaient à leur personnel un uniforme très convenable en apparence mais assez coquin pour laisser les clients imaginer les merveilles qui se cachaient dessous.

Comme elle se penchait pour déposer les boissons sur une table, il avait remarqué le regard libidineux d'un homme assis au bar et réprouvé cette insistance. Sa propre réaction l'avait irrité. De quel droit jugeait-il l'attitude de cet inconnu ? Accès de jalousie ? Non. C'était un sentiment qui lui était totalement étranger. Surtout ici. Il était à Londres pour un jour encore et dans un but unique : respecter la promesse qu'il avait faite à son père mourant de ramener son petit garçon à Macao.

C'était ce qu'il allait faire. Il était là pour cela, quelle que soit son attirance pour cette femme qu'il n'aimait pas et en qui il n'avait aucune confiance.

Son père avait émis ce vœu avant de mourir. Il n'admettait pas qu'on manque à sa parole. Lui non plus, d'ailleurs.

Ne pas tenir sa promesse le déshonorerait, lui, son nom, sa famille.

— Inutile de tourner autour du pot, mademoiselle Thorn. Soyons simples et courtois. Nous faisons *presque* partie de la même famille, après tout.

— Courtois ? Vous m'avez fait venir ici sous un prétexte. Vous trouvez cela correct ?

Il haussa les épaules.

— Je suppose que vous aviez de bonnes raisons pour venir. Tenez, dit-il, poussant le dossier vers elle. Vous trouverez là tout ce que vous souhaitez savoir.

Elle écarquilla ses grands yeux gris.

— Mais… je ne vous demande rien.

— Pardonnez-moi, j'aurais dû dire tout ce dont vous *aurez besoin*.

Il la vit rougir. Elle semblait ne rien comprendre et s'en agaçait.

— Vous avez des problèmes d'argent, poursuivit-il. Vos dépenses sont supérieures à vos gains et il n'y a aucune raison pour que cela change.

Son indignation mêlée de curiosité le titilla. Une certaine excitation le gagna.

— Qu'est-ce que vous en savez ?

— Ce que je sais, c'est que si vous continuez sur cette voie, vous aurez bientôt de gros ennuis.

Il se tut et la déshabilla du regard.

— Avoir la garde d'Archie implique qu'on soit capable de subvenir à ses besoins et de s'occuper de lui. Difficile sans argent. Or vous avez des revenus modestes, et peu de perspectives d'avenir.

— Il n'y a pas que l'argent dans la vie ! rétorqua-t-elle. Mais je doute que vous compreniez.

— Que voulez-vous dire ?

Elle se pencha vers lui en ricanant.

— Que tant que votre père a été vivant, il ne s'est pas intéressé à Archie. Tout ce qu'il voulait, c'était Della. Sûrement pas avoir… un gosse.

Pris de court par la brutalité de sa réponse, il eut un mouvement de recul.

— Votre sœur savait exactement où elle mettait les pieds. Elle savait qu'il était marié…

— Oui, mais vous ignorez comment était Della.

Faux. Il le savait très bien. Elle avait été une des nombreuses conquêtes de son père et, comme ses autres maîtresses, elle avait espéré qu'un jour Lao Dan l'épouserait.

Oppressé, il préféra changer de sujet avant de s'aventurer plus avant sur ce terrain miné. Il hocha la tête.

— Restons-en là et revenons à Archie. Ce qui m'importe c'est qu'il soit bien. Qu'il ne manque de rien. Nous savons tous les deux que je peux lui offrir tout ce qu'il y a de mieux dans tous les domaines. Si vous signez ce document, je vous mettrai définitivement à l'abri de tout problème financier.

— Si je comprends bien, vous m'achetez ! lança-t-elle, choquée.

— Non, je vous… dédommage.

Quand il la vit baisser les yeux sur les feuilles, son cœur marqua un temps d'arrêt. Allait-elle vraiment signer ?

Il retint son souffle. Pour une raison incompréhensible, il n'avait pas du tout envie de crier victoire.

— Cela fait beaucoup de zéros, pour mon… dédommagement.

Le menton pointé vers lui, elle le foudroya du regard.

— Je trouve indécent de payer pour avoir le privilège d'élever un enfant. Quant au dédommagement que vous me proposez, vous pouvez le garder. J'ai ma fierté.

Elle le regarda avec un air de mépris qui le fit sourire.

Cela lui allait bien de jouer les parangons de vertu ! Franchement !

— Voilà qui vous honore, ironisa-t-il. Mais… vous deviez avoir oublié qu'élever Archie était un « privilège » quand vous êtes allée à l'Assistance Publique pour vous en débarrasser.

Elle pâlit.

— C'est… C'est confidentiel.

— Peut-être. Mais c'est la vérité.

Un silence s'installa, qu'elle eut du mal à rompre.

— Je vais vous dire la vérité… La vérité, c'est qu'aucun enfant, et surtout pas mon neveu, ne devrait être élevé par quelqu'un comme vous. Quelqu'un qui se croit tout permis parce qu'il a de l'argent ! lâcha-t-elle, rouge de colère.

Ramassant les papiers étalés sur la table, elle se leva et les mit en boule.

— Gardez vos sous, monsieur Law. Vous risquez d'en avoir besoin quand nous irons au tribunal.

Sur ces mots, elle se dirigea vers la porte et sortit, le laissant abasourdi.

2.

Très contrarié, Charlie s'approcha des grandes baies vitrées de son loft en triturant la petite tuile en os qu'il avait prise sur la table à jeu. À Macao, il pratiquait le mah-jong presque tous les jours mais, ici, il avait du mal à trouver trois partenaires de son niveau. Dommage ! Caresser une tuile, l'oiseau de riz ayant sa préférence, avait le pouvoir de l'apaiser. Or, ce matin, rien ne semblait devoir le calmer.

En bas, sur la Tamise qui coulait au pied de son immeuble, une barge transportant des matériaux de construction creusait son sillon.

Sa vie était réglée comme du papier à musique. Lever tôt, petite séance de gymnastique avec un coach, douche et petit déjeuner. Il lui arrivait de prendre le volant de sa discrète Bentley noire pour se rendre à son bureau mais, plus généralement, son chauffeur l'attendait pour l'emmener au Golden Rod. Le succès de ce casino hôtel lui avait valu l'admiration de son père, une récompense qui n'avait pas de prix à ses yeux.

C'était un forcené du travail, attelé à la tâche sept jours sur sept, veillant à tout. Aucun détail ne lui échappait. Quand il rentrait chez lui le soir, quels qu'aient été les aléas de la journée, il se couchait et dormait d'une traite, sept heures d'affilée.

Hier, la journée ne s'était pas déroulée selon le schéma habituel. Il était passé de réunion en réunion et, pour la première fois, avait eu tout le mal du monde à se concentrer. Son esprit dérivait sans cesse vers cette Dora qui l'avait fusillé de ses yeux, noirs comme des nuages dans un ciel d'orage.

Pour une raison bizarre, ce regard ne cessait de le hanter.

Elle ne cessait de le hanter. À cause de la rebuffade qu'elle lui avait administrée ?

Non qu'il veuille à tout prix qu'elle accepte l'argent. Ce n'était qu'un appât, une façon de susciter son intérêt ou de la braquer pour lui faire perdre pied.

En attendant, c'était lui qui avait perdu le contrôle et cela le mettait en rage.

Il serra les dents. Aussi loin qu'il s'en souvienne, c'était la première fois que le désir physique prenait le pas sur sa raison et son réalisme.

Hier soir, se soumettant à la discipline de fer qu'il s'imposait, il s'était forcé à s'endormir mais, aux premières heures du matin, il s'était réveillé en panique, entortillé dans ses draps, tendu au souvenir de ses nuits chez ses parents à Macao.

Enfant, il dormait mal. *Terreurs nocturnes,* disait sa mère. La vérité, c'est qu'il redoutait les journées… Sa mère était belle. Délicieuse, disait son père à l'époque où il supportait encore de partager la même chambre qu'elle. Mais que dire d'autre de Nuria Rivero, sinon qu'elle était malheureuse ? Née dans une famille macanaise en pleine déroute, elle n'avait eu d'alternative pour garder son rang que de trouver au plus vite un mari. Bientôt, un fils était né.

Son mobile pesa soudain lourd dans sa poche. Pourquoi ne pas l'appeler, au fond ? Non, pas tout de suite. Il n'était pas d'humeur. Il se sentait tendu, agité. Son corps regorgeait d'une énergie qu'il ne canalisait pas du tout, ce matin. Une énergie qui ne pouvait s'extérioriser…

En soupirant, il fit rouler la tuile entre ses doigts dans l'espoir de se calmer.

La première règle du casino était de laisser ses émotions à la porte. C'était une condition que son père lui avait imposée s'il voulait travailler avec lui. Il l'avait apprise. Cela lui avait pris du temps et demandé des efforts mais il y était parvenu. Il dominait parfaitement ses émotions, maintenant.

Il prit une profonde inspiration. En bas, un courant assez violent descendait la Tamise. Il sentit son pouls s'emballer. Comme au diapason. Son père lui répétait souvent « Ne précipite rien. Ça viendra tout seul. » En l'occurrence, il avait la quasi-certitude qu'avec Dora ce conseil ne fonctionnerait pas. Il était même prêt à le parier.

Dora Thorn…

La première fois qu'il avait entendu son nom, elle n'était rien pour lui. Juste un ennui, un obstacle, un caillou dans sa chaussure qu'il aurait vite fait de déloger. Quelle grossière erreur !

Son opiniâtreté l'avait surpris.

La tuile en os glissa de ses doigts. Il la ramassa et la fit tourner dans sa paume, se remémorant le regard qu'elle lui avait lancé dans le salon des associés du cabinet.

Sa peau, couleur ivoire comme la tuile qui roulait sous ses doigts, devait être aussi lisse et tiède que ce petit bout d'os.

Il inspira une grande goulée d'air pour tenter d'apaiser son excitation. Il venait de l'imaginer nue, sous lui, et lui se repaissant de son corps.

Il ferma les yeux pour mieux l'imaginer et sentit ses reins réagir violemment.

Ouvrirait-elle son adorable bouche quand elle se donnerait ?

Ses yeux brilleraient-ils comme hier matin, dans son cabinet ?

Il releva les paupières, fourra la tuile dans sa poche et appuya le front contre la vitre froide. En bas, la ville s'agitait.

Il ne s'attendait pas à ce qu'elle accepte son offre. Il ne s'attendait pas non plus à ce qu'elle lui crache son refus à la figure avec autant d'agressivité.

Mais, finalement, la passion qui animait sa réponse lui plaisait assez.

La sonnerie de l'Interphone le tira de ses pensées. Il possédait plusieurs appartements à Londres, mais la vue panoramique sur la ville et son emplacement privilégié, sur une des berges du fleuve, faisait de ce triplex sa résidence préférée.

Nouvel appel à l'Interphone. Agacé, il s'approcha.

— Désolé de vous déranger, monsieur Law, mais il y a à l'accueil quelqu'un qui veut vous voir.

— Impossible. Je n'attends personne.

— C'est une personne de votre famille, me dit-elle.

Elle ? Sa mère et ses demi-sœurs se trouvaient à plus de six mille miles d'ici. Qui alors ?

Inutile de tourner autour du pot, mademoiselle Thorn. Soyons simples et courtois. Nous faisons presque partie de la même famille, après tout.

— Dites à Mlle Thorn de monter.

Dès le départ, il s'était douté que la réunion d'hier ne serait pas la dernière. Mais il n'avait pas envisagé qu'elle se manifeste aussi rapidement.

L'ascenseur montait directement dans son loft. Les portes coulissèrent et elle apparut, flanquée de deux hommes de la sécurité entre lesquels elle semblait toute petite. La natte qui retenait ses cheveux la faisait paraître beaucoup plus jeune. Peut-être était-ce aussi qu'elle n'était pas maquillée. Très franchement, le naturel lui allait aussi bien.

Jusque-là, rien d'extraordinaire. En revanche, son accoutrement… Exit la jupe crayon et le chemisier en soie.

À la place, un jean délavé, des bottes noires éculées et, à l'épaule, un fourre-tout imitation daim qui devait peser plus lourd qu'elle.

Avec son menton pointé vers lui comme une arme, le message était limpide : elle le défiait.

Elle était venue là pour faire valoir ses droits.

Une démarche certes intéressante, mais inutile.

Car la banque gagnait toujours.

Elle devait le savoir mieux que quiconque, elle qui travaillait aussi dans un casino !

Donnant, d'un signe de tête, l'ordre aux deux hommes de s'éclipser, il soutint son regard.

— Mademoiselle Thorn, dit-il d'une voix suave, voulez-vous bien me suivre ?

Le regard furibond, elle lui emboîta le pas. L'appartement était splendide mais elle n'allait pas lui montrer qu'elle était émerveillée. En revanche, lui… Depuis vingt-quatre heures qu'elle ne l'avait pas vu, il avait changé. Peut-être était-ce elle qui avait décidé, à tort, qu'il était un monstre ?

On en était loin.

Charlie Law n'avait rien d'un monstre. Bien rasé, quelques mèches grises dans sa chevelure sombre, qu'elle le veuille ou non, il avait de la classe. Les rayons de soleil qui réussissaient à filtrer à travers les nuages jetaient un bel éclat sur ses cheveux peignés avec soin en arrière.

Elle lui lança quelques regards furtifs et chercha de l'air…

Il n'était pas en costume aujourd'hui, pas même en veste, mais il dégageait la même impression d'autorité que la première fois. Sa chemise bleu ciel dont il n'avait pas boutonné le col, et la cravate bleu marine à moitié défaite ajoutaient une note décontractée chic à son allure posée, un brin formelle.

Elle sentit qu'elle rougissait. Les joues en feu, elle continua de le regarder.

Par malheur, sa chemise bleue accentuait ce qu'il y avait dessous. Musclé mais pas trop, grand, élancé. Il était décidément très beau. Presque trop parfait pour être vrai. Il était bien réel pourtant, là, un pas devant elle, attirant comme un aimant.

Non sans mal, elle se força à regarder ailleurs. Fit le tour de l'appartement des yeux. Elle connaissait la réputation des Lao. Une famille immensément riche. Della lui avait envoyé des photos de leur domaine à Macao. Impressionnant. Impossible de rivaliser avec une fortune pareille. Mais qu'importe ! Ce n'était pas son objectif dans la vie.

— Prenez un siège, proposa-t-il.

Contente de s'asseoir, elle se laissa tomber dans un des canapés en cuir et croisa les jambes.

— Du café ?

— Non merci. Je préférerais avancer sur notre affaire.

Les yeux plissés, il la regarda avec insistance.

— Au fait, comment m'avez-vous trouvé ?

— Assez facilement. Quand vous êtes aimable avec les gens, vous n'avez pas besoin de les soudoyer pour obtenir les renseignements que vous cherchez. Vous devriez essayer, un jour, monsieur Law.

— Merci de l'information. Je saurai m'en souvenir la prochaine fois que je m'adresserai à vous.

Prise de court, elle garda le silence. Mais il continuait de la fixer.

La veille, quand elle avait fini par obtenir de Pug l'adresse de Charlie Law, elle avait été étonnée qu'il ait, aussi, un appartement à Londres. Dans la même ville qu'elle et Archie.

Un souci de plus.

— Bien, dit-elle d'un ton exaspéré. Maintenant que nous sommes assis, allons droit au fait.

Idiot ! Elle n'avait pas préparé ce qu'elle allait lui dire, elle le laissa donc prendre les devants.

— Hier, vous m'avez déclaré la guerre, mademoiselle Thorn.

Hier, son discours était plus subtil. Il la ménageait un peu mais, aujourd'hui, il avait décroché les gants de boxe.

Les gants… Une pensée en amenant une autre, elle regarda ses mains, négligemment posées sur les bras de son fauteuil et se rappela la décharge qui l'avait électrisée quand il avait touché ses doigts.

— Oui, peut-être, vous avez raison.

Faisant preuve d'une audace incroyable, elle était venue ici sous l'effet de la colère. Mais sa colère et son audace semblaient s'être évaporées. Était-ce l'effet que lui feraient ses mains s'il les posait sur elle, qui la bouleversait à ce point ?

Elle se redressa sur le canapé et s'obligea à le regarder. Droit dans les yeux. Pour lui faire croire qu'elle était en possession de tous ses moyens…

— Je sais que votre famille vaut son pesant d'or à Macao. Mais nous ne sommes pas à Macao et votre nom et votre fortune ne signifient rien, ici.

Elle pensait – espérait presque – qu'il allait l'interrompre et la contredire. Mais il ne dit rien. Impassible, il attendait qu'elle poursuive. Ne sachant plus que dire puisqu'elle n'avait rien préparé elle se tut, le temps de rassembler ses idées. Le silence s'éternisant, c'est lui qui le brisa.

— L'argent est un langage universel, mademoiselle Thorn.

Elle plaqua la main sur sa poitrine où son cœur battait comme un fou.

— Peut-être, mais Archie ne fera pas l'objet d'un marché. Et j'ai la loi pour moi.

— Pour l'instant.

— Non, pas pour l'instant.

Elle serra les poings.

— J'ai la garde officielle d'Archie. Si vous tentez de passer outre, vous aurez affaire à moi.

— Bien sûr. Une autre raison à votre venue ici aujourd'hui ?

Il parlait d'une voix envoûtante, si troublante qu'elle en trembla. En fait, il se moquait d'elle, se jouait d'elle. Mais que pouvait-elle ajouter ? Elle se sentait comme un animal pris dans le faisceau des phares d'une voiture. Éblouie. Piégée.

Elle tenta de reprendre ses esprits.

— De son vivant, votre père se moquait bien d'Archie.

— Je ne suis pas mon père, rétorqua-t-il. Et je veux la garde de cet enfant.

Il soutenait son regard, plongeait dans ses yeux, semblant y chercher quelque chose.

— Mademoiselle Thorn, je comprends et je respecte votre fidélité à votre sœur, mais, que cela vous plaise ou pas, Archie est le fils de mon père, mon demi-frère.

Elle chercha de l'air. Les battements de son cœur redoublèrent. En venant ici, chez lui, aujourd'hui, elle pensait le prendre de court. C'était elle qui se trouvait désarçonnée.

Ici.

Chez lui.

Dans son appartement.

Se sentant subitement très gênée, elle chercha quelque chose à dire, n'importe quoi.

— Mettre une femme enceinte fait du géniteur un père aux yeux de la loi.

Elle avait le plus grand mal à contrôler sa voix qui tremblait malgré ses efforts.

— Della faisait tout pour Archie. Elle se levait la nuit, lui donnait ses bains, le berçait, lui chantait des chansons…

Son cœur se serra. Elle aussi avait fredonné des berceuses à Archie.

Silence.

— Et maintenant, elle n'est plus là. Morte, laissa-t-il tomber.

S'interdisant de pleurer devant lui, elle détourna les yeux.

Comment pouvait-on être aussi froid que lui ?

Finalement, si, c'était un monstre.

Elle n'avait pas connu Lao Dan mais il avait dû enseigner à Charlie Law l'art d'obtenir ce qu'il voulait, en piétinant les autres si besoin. Tel père tel fils, se dit-elle avec rage. Sauf qu'Archie, le petit Archie de Della, était aussi le fils de Lao Dan, qui n'avait pas pu ne pas s'attacher à ce bébé. Il était si mignon, si craquant…

Repoussant l'image de sa sœur, qui lui donnait tout le temps envie de pleurer, elle se pencha en avant, les coudes plantés dans les genoux et déclara :

— Je sais, moi, ce qu'elle aurait voulu pour lui.

— Moi aussi, répondit-il avec calme. Elle aurait souhaité qu'il reste avec vous. Vous êtes sa famille.

Ses yeux, deux lasers, la transpercèrent.

— Mais moi aussi, poursuivit-il. Il a le même sang que moi, mon ADN…

Il s'arrêta et quelque chose dans ses yeux noirs la prit à la gorge.

— Nous partageons, ensemble, un droit sur lui.

Ensemble. Malgré la vague de chaleur qui la submergeait, elle frissonna. Quelque chose venait de se passer. Dorénavant, un fil les reliait, un courant, ténu, insaisissable mais il existait bel et bien.

Elle sentait la présence de cet homme. Elle aurait pu fermer les yeux, elle aurait su dire où il se trouvait.

Elle se concentra de nouveau sur leur sujet.

— Vous parlez de droit. Vous parlez d'argent ? D'héritage ? De quoi, au juste ? Si c'est ça, vous perdez votre temps. Je vous l'ai déjà dit, je n'accepterai pas un centime de vous.

— Vous vous butez.

La réaction ne tarda pas.

— N'essayez pas de me faire passer pour la méchante, tonna-t-elle. Je ne cherche pas à vous soudoyer, moi !

— Mademoiselle Thorn, ce que vous prenez pour un pot-de-vin, l'argent que je propose n'est pas pour vous, mais pour Archie, pour lui assurer une vie plus confortable.

Décontracté, les jambes allongées devant lui, il la regardait en souriant. Il la narguait plutôt et le faisait exprès pour la faire craquer.

— Croyez-vous vraiment que Della approuverait ?

Détendu comme il l'était, presque vautré sur son fauteuil maintenant, il lui faisait penser à ses amis de retour de fête, au petit matin. Mais M. Charlie Law n'avait pas la gueule de bois. Mine de rien, il réfléchissait.

— Qu'en dites-vous, Dora ?

C'était la première fois qu'il l'appelait par son prénom. Ce *Dora*, prononcé par cette voix de velours, elle sentit qu'elle fondait.

— Selon vous, plus tard, quand il sera en âge de comprendre, que pensera Archie ? Vous croyez qu'il vous félicitera ?

M. Law n'avait peut-être pas tort. Ainsi justifié, son geste méritait réflexion.

La veille, elle était montée sur ses grands chevaux, l'avait quasiment taxé de corrupteur... Comme d'habitude, elle avait jugé trop vite.

Sa tête commença à tourner. Présentées de cette façon, les choses étaient différentes. Tout était différent.

Jusqu'au regard qu'il posait maintenant sur elle. Brillant. Magnétique. Non, elle n'allait pas succomber. C'était impossible et pourtant…

— Archie est aussi de ma chair et de mon sang, dit-elle, chassant ses fantasmes. Moi aussi je ferai tout pour lui assurer la plus belle vie qui soit.

Il scruta son visage.

— Parfait. En ce cas, je vais appeler ma gouvernante à Macao et lui dire qu'Archie et vous allez vous installer chez moi. Trois semaines, qu'en dites-vous ?

Elle le regarda aller à la fenêtre et appeler Macao. Interdite, elle resta figée, incapable de dire un mot. Son cœur cognait, sa tête aussi. Elle était comme paralysée. Ce n'était pas possible, elle avait dû mal comprendre !

Elle le regarda mieux. Si, si, elle avait bien entendu.

Se levant d'un bond, elle se précipita vers lui, folle de rage.

— Non ! hurla-t-elle. Pas question. Je ne vais pas à Macao et Archie non plus !

Il la regarda et rengaina son téléphone.

— Mais… Vous avez dit que vous feriez tout pour lui.

— Je n'ai pas dit que j'irais à Macao.

Silence.

Il s'éloigna de la baie vitrée. Elle recula aussi. Il se planta devant elle.

— Archie aura un an dans une semaine. C'est une bonne occasion de le présenter à sa famille, non ? De toute façon, je le veux, Dora. Je veux qu'Archie vienne à Macao faire connaissance avec sa famille. Voir sa maison. Qu'il passe du temps avec ses demi-frères et sœurs. Il y a droit. Je sais que c'est ce que votre sœur souhaitait. Elle avait écrit des lettres à mon père en ce sens. Il m'en a montré quelques-unes. Rien de personnel, juste son admiration pour Macao. Pour ce que cette ville si contrastée représentait pour elle. Ce que la famille représentait pour elle.

C'était vrai. Della aimait tout de Macao, de ses petites rues pavées – vestiges de la présence portugaise –, à la démesure de ses casinos qui n'avaient rien à envier à ceux de Las Vegas. Et son rêve était de s'y installer, auprès de Lao Dan, avec Archie.

Mais Della n'était pas la seule à nourrir le rêve d'une famille. L'absence de Tabitha, leur mère, et l'indifférence de son père étaient des plaies qui refusaient de cicatriser. Dora savait la tristesse d'être rejetée et n'infligerait pas cette blessure à son neveu.

Comme s'il lisait dans ses pensées, Charlie s'avança.

— Êtes-vous capable de faire cet effort pour elle, Dora ? Êtes-vous capable de mettre de côté vos sentiments, vos doutes, votre *vie* et d'amener Archie chez lui, à Macao. Pour Della.

Pour une fois, elle ne se précipita pas pour répondre. Elle voulait trouver les mots justes mais son cœur qui battait très fort et les yeux qu'il posait sur elle, noirs, fixes, intrusifs, l'empêchaient de penser.

Soudain, son amour pour sa sœur commença à lui peser. La honte à la pensée qu'elle avait songé à se débarrasser de son neveu, aussi. Entre remords envers sa sœur et attirance envers cet homme, elle se sentait tiraillée, déchirée.

Elle savait que Della aurait voulu qu'elle y aille. Et qu'Archie avait le droit de connaître sa famille paternelle autant que celle de sa mère.

Mais elle avait peur. Peur de perdre ce petit bonhomme, tout ce qu'il lui restait de famille. Peur aussi de cet homme implacable. Et de la forte attirance qu'elle éprouvait pour lui.

À y bien réfléchir, ce qu'il lui demandait n'était pas insurmontable. Elle pouvait peut-être accepter, donner quelques semaines de sa vie… Ce n'était rien comparé aux sacrifices que sa sœur avait consentis pour elle, sans jamais rechigner.

— D'accord, dit-elle. Mais deux semaines… Sûrement pas plus. Peut-être même moins.

Elle avait précisé « deux semaines », histoire de lui montrer qu'on ne disposait pas d'elle comme ça.

— Nous verrons les détails plus tard, dit-il sans autre commentaire.

Pressée de se retrouver au grand air, elle déclara sans attendre qu'il fallait qu'elle parte.

— Je vous raccompagne.

Inutile. Elle était capable de trouver la sortie toute seule, lui fit-elle comprendre.

Impatiente d'être dehors, elle se retourna brusquement et, accrochant dans sa fuite la bandoulière de son sac à quelque chose qu'elle n'avait pas vu, trébucha. Il la rattrapa au vol, par la taille, et la redressa. Dans sa chute, elle avait agrippé ce qui lui tombait sous la main, le bras de Charlie Law. Elle avait même les doigts plantés dans son biceps et le griffait.

Affreusement gênée, elle le regarda dans l'intention de s'excuser. Mais aucun mot ne vint. En revanche, elle rougit. Il était si près d'elle – beaucoup trop près – qu'elle voyait les paillettes dorées dans ses iris. Sa peau était parfaite et il était parfumé. Cuir, cardamome et draps frais.

La tentation incarnée…

Elle sentit son regard sur elle, puis son souffle tiède. Sa bouche frôla ses lèvres. En feu, elle poussa un soupir et, instinctivement, entrouvrit la bouche… qu'il prit. Il la serra contre lui, très fort, l'enveloppant de sa chaleur. Mais, alerté par le bruit de l'ascenseur qui arrivait, il la lâcha et recula. Son visage était impavide, seuls ses yeux, très noirs, trahissaient une émotion.

— Excusez-moi. Je suis peut-être le fils de mon père

et vos charmes sont peut-être indiscutables, mais ils ne sont pas exactement à mon goût. Mais je ne suis pas mon père, je crains donc que vous ne deviez aller les faire apprécier ailleurs.

Quel goujat !

Dora le fixa, horrifiée par ce qu'il venait de dire et par son propre comportement.

— Vous savez, monsieur Law, je ne suis pas ma sœur et vos charmes ne sont pas indiscutables… ils sont inexistants.

Elle l'aurait bien giflé. Elle le détestait, comme elle n'avait jamais détesté personne. Cet être était cruel. Elle ne voulait plus le voir.

Choquée, humiliée, elle fila vers l'ascenseur le plus vite qu'elle put.

— On reste en contact, mademoiselle Thorn ?

Les portes coulissèrent. Une fois seule dans la cabine, elle s'adossa à la cloison. Elle tremblait comme une feuille.

Non seulement elle venait d'embrasser un homme qui la méprisait mais, pire encore, elle venait d'accepter de passer deux semaines sous son toit à Macao.

3.

Il faisait sombre et il pleuvait quand Dora et Archie décollèrent de Londres destination Macao. Dès l'atterrissage, après un vol de seize heures avec un bébé de onze mois, Dora eut l'impression de débarquer en plein tournage d'un film.

Le temps de passer les postes de contrôle, ils poursuivirent leur voyage à bord d'un jet privé de la famille Lao.

En fait, elle ne savait pas à quoi s'attendre. La seule chose certaine c'est que Della adorait cet endroit. Plus exactement, qu'elle était amoureuse de Lao Dan…

En quittant le loft de Charlie, cinq jours plus tôt, elle s'était informée sur Internet. Macao, avait-elle lu, était un mélange unique d'ancien et de nouveau, d'Orient et d'Occident. Deux zones très contrastées.

Une foule bigarrée se bousculait dans les rues. Elle n'avait jamais vu autant de monde nulle part sauf, peut-être, sur Oxford Street, au cœur de Londres, à Noël.

Tous ces piétons semblaient très affairés.

Pour l'heure, Charlie n'était pas là mais il n'allait plus tarder et elle allait devoir, une nouvelle fois, l'affronter.

Au souvenir de ce qu'il s'était passé entre eux dans son appartement, de leur baiser, de cette étreinte, elle frissonna.

Que serait-il arrivé si son sac ne s'était pas pris dans la poignée d'une commode ? Si elle n'avait pas trébuché ? Surtout, si l'ascenseur n'était pas monté ?

Cela faisait des jours qu'elle se posait ces questions en boucle. Et des images lui trottaient dans la tête.

Tout son corps se tendit. Il s'en était fallu de peu pour qu'elle s'abandonne, et… Elle sentait encore la chaleur de son corps viril contre le sien, son regard brûlant sur sa bouche et sa langue caressante sur ses lèvres…

Assez ! se dit-elle, en prenant une bonne inspiration pour se ressaisir.

Elle jeta un coup d'œil à son neveu assis dans son siège de bébé. En gazouillant, il caressait une peluche.

Ce voyage, elle le faisait pour lui. Sûrement pas par attirance pour cet homme qu'elle n'aimait pas et à qui elle ne faisait pas confiance.

Comme la luxueuse limousine quittait l'autoroute, un sentiment désagréable s'empara d'elle.

— À quelle distance sommes-nous de chez M. Law, madame Li ?

— Vingt minutes environ. Vous verrez, c'est une propriété privée, isolée, très sûre… Idéale pour les enfants.

Elle esquissa un sourire forcé.

Privée, isolée, sûre.

Une prison, en somme.

Elle se mordilla les lèvres et, une nouvelle fois, se demanda si sa décision d'amener Archie ici avait été la bonne. Les bébés, tous les pédiatres étaient d'accord là-dessus, avaient besoin d'un rythme régulier et calme. Tout ce qui s'était déjà passé dans sa courte vie n'allait pas dans ce sens.

Elle allait devoir faire preuve de fermeté. S'imposer.

Comme Della.

Comme Charlie.

Apparemment, Charlie ne se posait aucune question. Bourré de certitudes, il avançait en écrasant ce qui lui résistait. Elle n'avait de détermination que lorsqu'elle chantait. Sur scène – elle adorait les feux de la rampe – elle se sentait dans son élément. Elle se sentait elle-même.

Depuis la mort de Della, ce n'était plus le cas.

Son cœur se serra. Elle n'oublierait jamais l'horreur d'un certain show. Le premier depuis le décès de Della. Elle se produisait dans un petit club, rien d'exceptionnel.

Bouleversée, elle sentait encore la chaleur des projecteurs et, brusquement, le silence tombant sur elle comme le rideau à la fin d'un spectacle.

Si ce n'est que ce n'était pas fini…

Un homme comme Charlie ne pouvait pas comprendre le sentiment de ne plus pouvoir se dominer. Quels que soient les obstacles, il trouvait sûrement, toujours, le moyen de les contourner. De les franchir. Rien ni personne ne devait l'empêcher d'obtenir ce qu'il voulait.

Elle pensa soudain au désir qu'il lui avait inspiré. À cette envie folle de se lover contre lui. Et même plus… S'il avait éprouvé le même désir, que se serait-il passé ?

Mais pourquoi se posait-elle cette question ? Il ne s'était pas privé de lui dire que, quoi qu'il éprouve pour elle, cela n'irait pas plus loin.

Nouveau frisson.

— Vous avez froid ? demanda la domestique attachée à son service. Je peux dire au chauffeur d'arrêter la climatisation.

— Non, tout va bien, madame Li. Vraiment. Je n'ai ni chaud ni froid.

Charlie était ce qu'il était mais il avait donné des instructions à son personnel. « Veillez à ce que Mlle Thorn et l'enfant soient à l'aise ». Li faisait plus que veiller à son confort, elle anticipait.

— Nous voilà arrivés, annonça-t-elle alors que la barrière de sécurité se levait.

Encore quelques centaines de mètres et la limousine

se garait devant la maison. Ce n'était pas la forteresse à laquelle elle s'attendait mais une jolie demeure couverte de vigne vierge.

— Bonjour, mademoiselle Thorn, dit l'homme qui s'avançait. Je m'appelle Chen. Je suis l'intendant de M. Law. Ah, je pense que ce petit bonhomme est Archie ?

Archie plongea la tête dans le cou de Dora.

— Excusez-le, dit-elle. Le voyage l'a fatigué.

— Bien sûr. Suivez-moi, je vais vous montrer vos chambres.

Dora lui emboîta le pas. Le manque de sommeil, le stress, elle se sentait complètement désorientée. Elle nota seulement l'espace et l'opulence.

— Voici vos chambres, annonça Chen, lui cédant le passage pour la laisser entrer.

L'appartement londonien de Charlie était impressionnant mais rien comparé à celui-ci. Dora fit le tour de la chambre des yeux. Le décor s'inspirait de l'Europe et de l'Asie. Des meubles en acajou foncé, des tapis d'Orient, des tentures en soie et du marbre blanc. Des miroirs aux encadrements peints et des commodes laquées ajoutaient une note exotique à l'aménagement de la pièce.

La chambre d'Archie lui serra le cœur. Della l'aurait adorée. Le lit d'enfant couleur crème et la tapisserie peinte à la main : des singes, des pandas, des tigres…

— C'est très joli ici, dit Dora. Ces fleurs aussi. Ce sont des… ?

— Fleurs de cerisiers du Japon. C'est M. Law qui a voulu ces fleurs-là.

M. Law. En personne !

— D'ailleurs, il vous prie de l'excuser. Il a eu un problème au casino.

Elle se raidit. Archie et elle venaient de couvrir la moitié du globe en avion et il n'était pas là pour les accueillir… à cause d'un problème au casino ! Quel sinistre manipulateur !

Elle ravala son indignation. Le pauvre Chen n'y était pour rien si son boss était un égoïste, calculateur de surcroît ; elle n'allait pas passer sa colère sur lui. Elle était bien placée pour savoir que les patrons des casinos exploitaient leur personnel. « Abus de pouvoir », disaient ses amis.

— C'est dommage, grinça-t-elle.

Archie bâilla à se décrocher la mâchoire.

— Vous pouvez peut-être me montrer la cuisine. Je pense qu'il serait temps qu'il dîne et aille au lit.

— Le chef a préparé quelque chose pour lui, dit Chen.

— Ah ? Merci.

Jian, la chef cuisinière, une femme charmante, arrivait avec un plateau sur lequel une assiette débordait de macaronis au fromage.

— Archie va adorer, remercia Dora.

Archie dévora le plat et bâilla de nouveau.

— Dodo, maintenant, petit bonhomme.

Épuisé, sans doute, il ne rechigna pas comme il le faisait tous les soirs depuis le départ de Della. Au contraire, il s'écroula dans son lit d'enfant.

Après un dernier regard à son neveu, Dora sortit de la pièce. Elle aussi était fatiguée. Peut-être qu'un petit en-cas lui redonnerait des forces ?

Pensive, elle longea le couloir. Malgré le luxe et le confort qu'offrait cette maison, elle regrettait le cocon douillet de son salon de Londres et la frénésie de cette cité.

Là-bas, les rues n'étaient jamais au repos, même pas la nuit. C'était tantôt une alarme de voiture qui se déclenchait, tantôt la sirène d'une ambulance. Ici, loin de tout, le calme était angoissant.

Des portes, toutes fermées, ouvraient sur le couloir. Charlie occupait sûrement l'une d'elles.

Curieuse, Dora décida d'entrer pour voir. Personne ne le saurait. Et puis, elle ne le faisait pas pour dérober un objet. C'était juste une petite indiscrétion. En voyant le décor dont il était entouré, elle le cernerait mieux, ce Charlie qui, pour l'instant, demeurait une énigme.

Elle se mordit la lèvre. Della aurait honte d'elle.

Hélas… Della non plus ne le saurait jamais.

S'enhardissant, elle tourna doucement la poignée et poussa la porte. La pièce sentait bon la cardamome et le cuir. Pas de doute, c'était son parfum, c'était bien sa chambre. Elle ressemblait à la sienne, avec une touche masculine en plus.

Le cœur battant, elle s'avança. Une courtepointe grise recouvrait le lit. Incapable de se retenir, elle caressa l'étoffe soyeuse qui crissa sous ses doigts.

L'odeur de son parfum s'intensifiant, elle huma l'air. Les jambes en coton, elle se retourna, lentement, et se pétrifia.

Charlie était là, à la porte, et la dévisageait.

— Oui ? Vous avez trouvé quelque chose qui vous plaît ?

Incapable de répondre, elle resta à le regarder, les yeux béants, la gorge sèche. Figée. Et incrédule.

Lui non plus n'en croyait pas ses yeux. Était-ce son imagination qui le trompait ? Toutes les nuits, depuis leur première rencontre, sa silhouette peuplait ses rêves mais, dans ses rêves, elle était plus déshabillée… Et ses mains ne faisaient pas que caresser son lit…

Il s'efforça de cacher ce qu'elle lui inspirait et lui sourit mais son regard le trahissait. Dora Thorn n'était pas une illusion, elle était bien là, dans sa chambre, les cheveux défaits, une mimique embarrassée sur sa ravissante bouche rose, et elle l'excitait.

— Je regardais…

— C'est ce que je vois. Pourquoi vous arrêter ?

Il fit un signe de tête en direction du lit.

— Allez-y... Couchez-vous. Mettez-vous à l'aise. Mais si vous comptez m'attirer sous les draps avec vous, vous allez être déçue.

— Pardon ?

Rouge de colère, elle pointa le menton vers lui.

— Je n'ai aucune envie de me coucher dans votre lit... Et surtout pas avec vous !

Elle mentait, c'était flagrant. Il l'entendait à sa voix et le voyait à la petite veine bleue qui battait à toute allure à la base de son cou. Son pouls aussi s'était affolé.

— Il n'empêche, vous êtes dans ma chambre. Vous étiez en train de fouiner.

Gênée, elle baissa la tête.

— Non, je ne fouinais pas. Je suis curieuse, c'est tout.

— De quoi ?

— De vous ! Évidemment ! Vous êtes le demi-frère d'Archie, j'avais envie de savoir qui vous êtes.

— En caressant ma couverture ? C'est original. Vous voulez peut-être jeter un coup d'œil à ma salle de bains pendant que vous y êtes ? La marque de mon dentifrice vous éclairera peut-être.

Ses yeux gris lancèrent des éclairs.

— Ça vous va bien ! Vous ne vous êtes pas gêné, vous, pour fouiller dans ma vie. Ah non, pardon ! Pas vous personnellement, un de vos sbires.

Il la fixa, impassible.

— Si vous tenez à savoir qui je suis, demandez-moi. Ce sera plus simple. Je n'ai rien à cacher.

Elle haussa les épaules en ricanant.

— Évidemment, vous vous entourez de gens qui veillent à ce que vos secrets soient bien gardés.

Elle se trompait. Personne ne connaissait ses secrets.

Pour confier un secret à quelqu'un, il fallait lui faire une confiance totale. Or, il ne faisait confiance à personne.

En digne fils de Lao Dan, il avait grandi dans l'opulence et les excès. Rien n'était ni trop beau, ni trop cher pour lui – même si son père lui avait appris que tout avait un prix.

En particulier, la confiance.

Il avait dû gagner celle de son père. Et comme rien n'était jamais acquis, la conquérir sans cesse et la reconquérir. Son père était exigeant et ne tolérait aucun manquement, aucun échec. Dans certains cas, il ne les pardonnait pas.

Dès l'enfance, il avait appris la leçon : il ne devait compter que sur lui-même. Cet enseignement lui avait été plus utile que ses trois années d'école de commerce.

— Je n'ai pas de secrets, mademoiselle Thorn.

— Et pas de cœur.

Elle avait de la repartie !

— Seize heures, reprit-elle beaucoup plus calmement.

Mais ses yeux brillaient de colère. Et elle cachait mal ses tremblements.

— Seize heures d'avion plus deux heures de voiture. C'est le temps qu'il nous a fallu pour arriver ici. Tout ça parce que vous…

Elle pointa un doigt sur lui.

— Parce que vous m'aviez dit que vous vouliez passer du temps avec Archie. Et vous ne vous inquiétez même pas de savoir où il est, ni comment il va ! Comment osez-vous faire venir un bébé à l'autre bout du monde et ne même pas chercher à le voir ?

La voix chevrotante, elle marqua un temps d'arrêt, puis reprit son souffle avant de continuer :

— Dans le fond, je ne vois pas pourquoi je suis surprise. On a dû vous apprendre depuis votre plus jeune âge que vous êtes supérieur aux autres. Eh bien, justement, non ! Vous n'êtes qu'un égoïste, gâté pourri…

— Si vous me permettez, laissez-moi vous...

Mais elle l'interrompit :

— De grâce ! Épargnez-moi vos explications.

Il s'approcha.

— Dora...

— Ah non ! Ne me touchez pas !

Incapable de savoir si c'était de la panique qu'il devinait dans sa voix ou autre chose, il eut brusquement pitié d'elle. Mais, voyant à son regard qu'elle ne décolérait pas, il ravala sa pitié. Il en avait assez d'être maltraité. Il n'était pas un monstre, tout de même !

— Je n'y tiens pas du tout ! répliqua-t-il. Maintenant, la journée a été longue, je suis fatigué et j'ai faim. Je vais donc, si vous n'y voyez pas d'inconvénient, aller chercher quelque chose à me mettre sous la dent.

D'un geste de la main, il balaya la chambre.

— Allez-y, continuez à regarder si cela vous dit. Mais attention, pas touche !

Elle plissa les paupières.

— Je n'y tiens pas du tout, lui lança-t-elle d'un ton sarcastique. Maintenant, je vais, si vous n'y voyez pas d'inconvénient, aller voir Archie. C'est votre frère, au cas où vous l'auriez oublié.

Elle se retourna et quitta la pièce en trombe.

Mécontent, vexé surtout qu'elle ose lui tenir tête, il arracha sa cravate et la jeta sur le lit. Il se dominait toujours d'habitude mais Dora Thorn passait les bornes.

Débarrassé de sa cravate, il déboutonna le col de sa chemise et dévala l'escalier. Pour quelqu'un dont la réputation de sang-froid allait bien au-delà des murs de ses casinos, ce soir, il n'était pas cool du tout.

Il faisait frais dans la cuisine et tout était calme. Le soir, il préférait dîner léger. S'il ne mangeait pas dans un de ses hôtels casinos, il rentrait sachant que, de toute façon, Jian lui préparait toujours quelque chose à l'avance.

Tout était prêt, en effet, mais son invitée lui avait coupé l'appétit.

Il soupira. Une semaine plus tôt, tout lui semblait simple. Il savait qu'il faudrait batailler pour conserver la garde de l'enfant. Que, légalement, ce n'était pas joué mais il ne doutait pas de son pouvoir. Il avait le bras long. Malgré tout, pour parer à une éventuelle difficulté, il avait mis sur pied un plan, infaillible à son avis. Les faire venir tous les deux à Macao. Sur place, il tenterait de la convaincre des avantages qu'aurait Archie à vivre avec lui.

Pour l'heure, compte tenu de la tournure des événements, il commençait à regretter son plan. Dora était odieuse. Il aurait du mal à oublier son regard quand elle l'avait accusé d'égoïsme et de… Il ne savait plus trop. Il avait peut-être vécu dans le confort mais on ne se faisait pas une place dans la famille Lao Dan sans se donner du mal.

Elle n'en avait pas idée. De toute manière, il n'y avait rien à lui faire entendre. Elle était impossible. Illogique. Totalement déraisonnable.

En tout cas, il n'avait pas rêvé. Il l'avait bel et bien surprise dans sa chambre. C'était la deuxième fois en une semaine qu'elle envahissait sa sphère privée. Il n'y en aurait pas trois.

Il tourna la tête. Oh ! elle était là. Sur le pas de la porte. Hésitante.

— Je pense que vous ne…

— Je suis désolée, dit-elle.

Appuyé au comptoir, il la regarda en silence. Il ne s'attendait sûrement pas à des excuses.

— Pardon ? J'ai mal entendu.

— Je suis dé-so-lée.

Elle avança dans la cuisine.

— Je n'aurais pas dû entrer dans votre chambre. Je l'ai fait parce que j'étais en colère.

Elle parlait vite. Les mots se télescopaient dans sa bouche et ses yeux gris semblaient pleins de remords.

— J'étais en colère contre vous parce que vous n'étiez pas là quand nous sommes arrivés. J'ai cru que vous vous désintéressiez d'Archie.

Elle était tendue. Son visage et tout son corps crispés. Elle n'avait pas, comme lui, l'habitude des situations difficiles.

— J'ai vu le petit singe en peluche, dit-elle. Pourquoi ne pas m'avoir dit que vous étiez allé voir Archie ?

Comme il était tard et faisait sombre dans la pièce, il n'avait pas allumé pour ne pas réveiller l'enfant. Il avait donc déposé le jouet au pied du petit lit. Tout simplement.

— J'avais l'intention d'être là à votre arrivée. Mais il y a eu un impondérable au casino. Un enfant perdu. Je ne pouvais décemment pas partir. Par chance, on l'a retrouvé. Mais vous imaginez l'angoisse des parents…

Il regarda le plat que Jian avait préparé.

— Vous avez faim ?

En guise de réponse, son estomac gargouilla.

— Tenez.

Il poussa l'assiette vers elle. Elle s'assit au comptoir.

— Merci.

Elle avait les joues rouges et les yeux brillants et rabattait sans cesse une mèche de ses cheveux derrière son oreille. Agitation intérieure, excitation physique ? Autant de signes qu'il avait connus chez ses différentes conquêtes et qui ne trompaient pas.

Préférant ne pas s'attarder sur ces questions, il lui proposa à boire.

— Du vin ? De la bière…

— Non merci.

Son visage s'était radouci même si ses yeux brillaient.

— J'aime bien votre maison. Vous avez toujours vécu ici ?

— Non.

Elle le dévisagea.

— Mais vous avez toujours vécu à Macao ?

— Oui.

— Votre famille réside dans le coin ?

Oui, ils étaient proches mais géographiquement seulement. Les relations avec ses demi-sœurs avaient toujours été tendues. Comment pouvait-il en être autrement quand ils se disputaient tous l'affection de leur père ? Même après sa mort !

Il la regarda. Il préférait ne pas y penser, encore moins en parler avec elle qui avait un talent diabolique pour le déstabiliser.

— Quelques-uns.

— Vous n'aimez pas qu'on vous pose des questions, on dirait.

Consciente de sa curiosité – déplacée – elle sourit. Un sourire tellement adorable qu'il oublia, l'espace d'une seconde, qu'il l'avait trouvée en train de fouiner dans sa chambre et qu'elle était la sœur de la maîtresse de son père. N'empêche, si elle continuait de lui sourire de cette façon, il ne répondrait plus de rien.

— Si. À condition qu'elles soient pertinentes.

— Elles l'étaient, rétorqua-t-elle se penchant vers lui.

Elle était ravissante. Machinalement, il avança la main et, incapable de se retenir, lui caressa la joue.

Immanquablement, il sentit son corps se raidir. Ses reins le brûler. La cuisine avait beau être vaste, elle lui parut soudain petite, intime même.

— Vraiment ?

— Oui, parce que j'ai l'intention de faire l'arbre généalogique d'Archie pour lui expliquer sa famille de Macao à notre retour à Londres.

Un silence plana, glacial. Elle glissa lentement de son tabouret de bar sans le quitter des yeux.

— En fait, j'avais aussi un autre mobile. Je voulais savoir qui vous êtes. J'ai du mal à croire que vous soyez aussi insensible et manipulateur que vous voulez bien le laisser paraître.

Elle haussa les épaules.

— Mais je peux me tromper. Bonsoir, monsieur. Law.

4.

Dora roula sur le côté et se força à ouvrir les yeux. Elle détestait le moment de se lever. Toute la nuit elle avait rêvé à Della et aux vacances qu'elles avaient passées en Grèce pour fêter le job qu'elle avait trouvé à Macao.

Hélas, ce matin, elle n'était pas en Grèce avec sa sœur chérie. Elle se trouvait à Macao avec un homme qui lui faisait comprendre qu'elle lui faisait perdre son temps. Un homme qui avait une piètre opinion d'elle et ne ratait pas une occasion de le lui rappeler, comme hier soir par exemple.

D'un coup de pied elle repoussa drap et couverture, se leva et alla droit à la salle de bains.

Il pouvait penser d'elle ce qu'il voulait, après tout ! Cela lui importait peu. Elle n'était pas appelée à le voir très longtemps. Il avait peut-être avancé une explication recevable pour excuser son absence d'hier mais les hommes, à ce niveau de responsabilités, plaçaient toujours leur travail avant leur famille.

Si ce n'est que Charlie n'était pas marié.

Elle le savait car, hier soir tard, elle avait cherché son nom sur Internet. Et pourquoi pas ? Ce n'était pas interdit. Tout le monde pouvait y avoir accès. Son site le décrivait comme un patron sévère, très puissant et très autoritaire. Franchement, c'était dur d'imaginer qu'Archie et lui puissent être apparentés. Archie n'était que tendresse et douceur.

Il n'y avait pas le moindre risque qu'il devienne un jour comme son grand frère.

Mais qu'est-ce qui le poussait à être aussi méchant ?

Il avait une vie de rêve. Les bonnes fées s'étaient penchées sur son berceau et lui avaient donné non seulement la beauté et l'intelligence mais la fortune, avec cette maison magnifique et un père qui avait une si haute opinion de lui qu'il l'avait désigné comme son successeur à la tête de l'empire familial. Franchement, elle échangerait volontiers sa vie contre la sienne… Mais personne ne le lui proposerait !

Elle soupira.

Tabitha, sa mère, l'avait trouvée si peu aimable qu'elle était partie, quelques mois après sa naissance, l'abandonnant à un père qui lui avait manifesté tout au long de sa vie la plus totale indifférence.

Heureusement, il y avait eu Della qui l'avait choyée. Mais aujourd'hui, il n'y avait plus personne pour l'aimer.

Le cœur serré, elle releva la tête et se regarda dans la glace. Une fois de plus elle s'était emportée. Elle pouvait peut-être remonter le voir et lui demander de l'excuser…

Quand elle était allée voir si Archie allait bien, elle avait découvert le petit singe dans son lit d'enfant. C'était sans doute un cadeau de Charlie. Honteuse de l'avoir injustement accusé d'indifférence, elle se sentait coupable, maintenant.

Coupable !

Furieuse contre elle-même, elle retourna dans la chambre.

Elle l'avait mal jugé ; il n'était peut-être pas foncièrement mauvais.

Quoi qu'il en soit, s'il était bon, il cachait bien sa bonté.

Sa bonté ? La belle blague ! Il n'avait pas de cœur et s'il en avait un, c'était un cœur de pierre ou…

Elle s'arrêta. Consulta sa montre. Neuf heures et demie. Archie devait être réveillé. Pourtant, il ne pleurait pas, ne gazouillait même pas.

Paniquée, elle se précipita dans sa chambre.

Mon Dieu ! Son petit lit était vide.

Affolée, elle dévala les marches et entra comme une furie dans la cuisine.

— Chen, où est-il ? Où est Archie ?

C'était sûr, c'était un coup monté de Charlie. Il ne les avait fait venir que pour l'enlever.

— Che-en !

Entendant une voix qui venait de dehors, elle partit en trombe. En sortant, le soleil l'aveugla. La main en visière, elle fit encore trois pas et, à la fois soulagée et en rage, poussa un énorme soupir. Assis sur les genoux de Charlie qui lui racontait on ne sait quelle histoire, Archie jouait avec son singe.

C'était la première fois qu'elle voyait les deux demi-frères ensemble. Il était clair, malgré la différence d'âge, qu'ils étaient de la même famille.

Sans savoir pourquoi, elle en fut émue.

Avant même sa naissance, elle savait qu'il existait des demi-frères et sœurs issus de liaisons de Lao Dan avec d'autres femmes. Aussi longtemps que Della avait été en vie, cela n'avait pas eu d'importance. À ses yeux, ce n'étaient que de lointains personnages, acteurs de pièces de théâtre ou de films, plus que des personnes réellement vivantes. Mais, aujourd'hui, les choses avaient changé.

Les deux frères se tournèrent vers elle. Archie lui tendit les bras. Il n'en fallait pas plus pour la bouleverser. Fuyant le regard de Charlie, elle prit son neveu dans ses bras et enfouit le nez dans ses cheveux noirs et doux comme de la soie. Elle aimait cet enfant. Elle l'aimait tellement qu'elle aurait bien insulté Charlie pour lui avoir fait si peur.

— J'ignorais où il était ! gronda-t-elle.

— Avec moi.

— Oui, mais je n'en savais rien.

Elle fulminait.

— Vous devez me prévenir quand vous faites ça !

— Vous dormiez profondément. Je n'ai pas voulu vous réveiller. Il commençait à s'agiter.

Elle fronça les sourcils.

— Vous êtes un inconnu pour lui. Vous avez dû lui faire peur.

— Un inconnu ? Voyons, Dora, je suis son frère et vous savez aussi bien que moi que les liens entre les membres d'une même famille sont très forts. Même si ces membres ne se sont jamais rencontrés auparavant.

Elle l'aurait bien frappé ! Comment faisait-il pour être aussi calme, assis là, nonchalamment, superbe dans un ensemble écru ?

— Vous n'aviez qu'à me réveiller.

— Vous n'aviez qu'à programmer l'alarme de votre téléphone.

Pardon ? Il essayait de rejeter la faute sur elle ? Quel aplomb !

Elle pointa effrontément le menton.

— *Vous* n'aviez qu'à ne pas nous faire venir ici et je n'aurais pas été fatiguée.

Elle ne l'impressionnait pas du tout. Il était d'un flegme horripilant.

— Vous êtes libre de vous en aller. N'hésitez surtout pas.

Il la transperçait de son regard noir.

— Mais Archie reste, évidemment.

S'il s'imaginait qu'elle allait se laisser faire et filer sans rien dire, il n'avait rien vu !

Hélas, elle n'était pas chez elle. Elle était à Macao et il la maltraitait. Il était même prêt à la renvoyer chez elle.

Ce n'était pas nouveau. Avec ses parents, elle avait connu pire. Comme cet égoïste de Charlie, ils ne faisaient que ce qui leur plaisait sans se soucier d'elle.

Elle serra Archie très fort contre elle.

— Jamais de la vie ! tonna-t-elle.

— Cela me fait bizarre d'être pris à partie par une femme en pyjama rayé rose et blanc !

Elle se regarda. Dans sa précipitation, tout à l'heure, elle avait pensé à tout sauf à se rhabiller. C'était sa faute à lui.

Leurs regards s'accrochèrent. Il pencha légèrement la tête en arrière et la considéra avec intérêt. Le visage d'abord, puis les jambes, qu'elle avait nues, s'attardant sur ses fesses, hautes et moulées dans un short qui faisait office de bas de pyjama.

Elle sentit son pouls s'affoler, et rougit. Lui, impassible comme d'habitude, ne broncha pas.

Pas juste, se dit-elle. Pourquoi seulement moi ?

— Je n'ai pas pensé à me changer avant de partir à la recherche d'Archie, s'excusa-t-elle. De toute manière, nous aimons traîner en pyjama, n'est-ce pas, Archie ? Et puis, on est en vacances, non ?

Charlie sourit, un sourire aussi franc que des larmes de crocodile.

— Oui. D'ailleurs, moi aussi.

Ah ? Elle le passa en revue. Il était pieds nus dans ses mocassins. Ce n'était pourtant pas le type d'homme à se rendre à son bureau sans chaussettes. Non, il ne plaisantait pas. Il s'était *vraiment* mis en vacances.

Elle crut que le sol se dérobait sous elle. Elle qui espérait qu'il serait absent la plupart du temps, c'était raté.

— Sympathique, ça !

Oh la menteuse ! Mais que dire d'autre ? Elle ne pouvait décemment pas lui reprocher quoi que ce soit après lui avoir reproché son absence à leur arrivée. Et puis, elle était venue ici dans le but qu'Archie passe du temps avec son demi-frère.

Cela ne l'obligeait pas à rester là à l'écouter.

— Bien, je vais habiller Archie.

— Il n'a pas fini de déjeuner. Restez donc. Et prenez votre petit déjeuner. Jian vous préparera ce que vous désirez.

— Je n'ai pas du tout…

— Écoutez, Dora. Ça suffit, maintenant. Faisons la paix. Juste le temps du petit déjeuner.

Sa voix s'était radoucie.

— Ou, si vous ne voulez rien manger, jusqu'à ce que vous ayez bu votre café.

Agacé par son pouls qui ne se calmait pas, Charlie la regarda. Se rendait-elle compte qu'il devinait ses pensées ? Qu'il lisait dans ses yeux gris sa hargne et sa rancœur… et les fulgurances de désir qui les traversaient, brillantes comme des éclairs dans un ciel d'orage.

Un désir qui le renvoyait au sien. Qu'il sentait agiter tout son corps. Ce n'était plus du désir, c'était du feu, une impatience qui altérait son bon sens.

Il posa les yeux sur sa bouche, puis plus bas.

Elle était têtue. Irrationnelle et impulsive. En bref, tout ce qu'il évitait chez une femme. Et pourtant, il avait envie d'elle comme jamais il n'avait désiré aucune de ses conquêtes.

Pourquoi ? Qu'avait-elle de si exceptionnel qu'il veuille à tout prix l'avoir ?

Ses yeux gris méfiants ? Sa beauté naturelle ? Ses joues qui rougissaient à la moindre contrariété… à la moindre émotion ?

Il réfléchit. Elle était diablement sexy, et encore plus excitante dans son mini-pyjama rose et blanc qui lui moulait les fesses, qu'une star dans la plus somptueuse des robes de cocktail.

Il en avait connu des femmes, pourtant. Provocantes

dans des déshabillés de satin, avec leurs bouches gourmandes, leurs lèvres lisses et leurs silhouettes de sirène ! Des femmes qui n'avaient pas tout le temps l'air de vouloir lui jeter leur sac de week-end à la figure.

— Écoutez, Dora. Je sais que ce n'est pas facile pour vous. Ça ne l'est pas pour moi non plus. Mais nous n'allons pas continuer à nous battre et à nous éviter. Trouvons un compromis. Sinon pour nous, du moins pour Archie.

Les yeux écarquillés, elle le fixa. Elle ne s'en doutait pas mais il pouvait lire en elle.

— C'est quoi le piège ? le nargua-t-elle.

— Pourquoi voulez-vous qu'il y ait un piège ?

— Je ne sais pas, moi !

— Il n'y a pas de piège. C'est votre premier jour à Macao. J'aimerais autant, pour Archie, que ses deux parents les plus proches ne se disputent pas.

Il attendit. Elle avait peut-être plein de défauts mais elle n'était pas lâche. Il repensa au jour où il l'avait rencontrée pour la première fois, chez *Capel Muir Fellowes*.

Pas lâche et totalement désintéressée.

Pour l'heure, elle réfléchissait en silence, essayant de comprendre où il voulait en venir.

Quand il avait appris le décès de Della, il avait d'abord pensé à demander la garde d'Archie par la voie officielle. En passant par un juge. Il savait que Dora était dans le rouge à la banque. Cette seule raison lui permettrait d'obtenir la garde du bébé. Il n'y aurait pas de problème.

Puis il s'était ravisé. Ils risquaient de se bagarrer or il ne voulait pas de vague. *L'unité d'une famille fait sa force*, répétait souvent son père. Toute division ou dispute sortant du strict cercle familial risquait d'affaiblir la famille Lao. Il n'en était pas question.

C'était elle qui, déboulant comme elle l'avait fait dans son appartement londonien, lui avait, sans s'en rendre compte, apporté la solution. Oubliant sa manie, obsessionnelle, de tout programmer, il l'avait invitée à Macao.

Il ne le regrettait pas. Son père lui avait aussi appris à ne jamais laisser passer une occasion.

Il posa de nouveau le regard sur ses lèvres. Hier soir, après leur accrochage dans la cuisine, il avait estimé qu'il fallait revoir sa stratégie.

Dora n'avait pas de projets, ni dans les semaines ni probablement dans les années à venir. Le fait qu'elle ait accepté de passer ces quinze jours chez lui signifiait qu'il pouvait avancer ses pions et imposer la fréquence et la durée des visites de l'enfant. Pour y parvenir, il avait un truc dans sa manche. Il allait faire faire à Dora le tour de son complexe hôtels casinos pour l'impressionner et lui montrer le style de vie qu'il pourrait offrir à son demi-frère.

Pour commencer, il voulait qu'elle s'asseye.

— Il n'y a pas de piège, Dora. Je vous suggère de prendre votre petit déjeuner. Ce sera pour nous l'occasion de tout remettre à plat.

Il lui fit un sourire enjôleur.

— Je vous promets que vous pourrez recommencer à me détester ensuite.

C'était justement là, le problème. Elle ne le détestait pas. Elle ne l'aimait pas, mais physiquement elle le trouvait très séduisant.

Un frisson la fit trembler de la tête aux pieds. Archie lui arracha son couteau de la main.

— Attention, il va se blesser. On ne joue pas avec un couteau.

— Je le sais, merci.

Elle avait beau l'agresser, Charlie Law ne perdait jamais son sang-froid. Pire que tout, son flegme décuplait l'attirance qu'il exerçait sur elle.

— Je suppose que vous avez appris cela dans une autre

vie, quand vous travailliez dans une crèche, peut-être ? ironisa-t-elle.

Au lieu de répondre tout de suite, il hocha la tête.

— Non. Mais j'ai été un enfant de deux ans très frustré de ne pas pouvoir manger tout seul.

Piquée dans sa curiosité elle le regarda, préférant ne pas imaginer le petit garçon qu'il avait été jadis. Cela l'aurait trop *humanisé* à ses yeux ! Elle ne voulait pas.

— Vous avez des souvenirs de quand vous étiez si petit ?

Elle dressa le menton et le nargua.

— Attention. La mémoire est au top entre trente et trente-cinq ans, ensuite elle décline. Vous êtes déjà dans la zone de danger.

— Vraiment ?

Il venait de marquer un point. C'était agaçant, il avait toujours le dernier mot. Et personne ne l'avait jamais regardée comme lui. Jamais. Même pas quand elle passait des auditions. Elle avait l'impression qu'il la déshabillait. Qu'il la voyait nue.

Et lui ? Comment était-il, nu ?

Étourdie par ce que son imagination lui laissait entrevoir, elle s'empressa de penser à autre chose.

— En réalité, j'ai lu cela dans l'avion, en venant.

— Vous lisez beaucoup de journaux ?

Chen arrivait pour débarrasser son assiette.

— Je préfère aller en soirée.

— Ça n'a pas dû être facile pour vous. Vous occuper d'Archie… Mettre votre travail entre parenthèses… Et sortir…

Elle haussa les épaules.

— Ça va.

— Vous savez que vous n'aurez plus rien à faire, dorénavant. Je vous aiderai. Je veux participer. Qu'en pensez-vous ?

Ses doigts commencèrent à la titiller. Une envie de frapper, de se sortir de ce piège la démangea.

— Cela dépend de ce que vous entendez par aider, grinça-t-elle.

Il la fixait toujours, avec de plus en plus d'insistance.

— Alléger votre charge de travail. J'y ai réfléchi et décidé d'engager une nounou. Elle s'appelle…

— Merci mais je n'ai besoin de personne.

— Elle s'appelle Shengyi, c'est la nièce de Chen. Elle connaît bien les enfants. Elle a de l'expérience.

Prenant sa remarque pour une critique, Dora fit de son mieux pour rester stoïque.

— Vous voulez dire plus que moi ?

— Ce n'est pas une insulte, Dora, soupira-t-il.

— Menteur !

À bout de nerfs, elle explosa ;

— Je vais vous dire ce que je pense. Vous êtes tellement imbu de vous-même, tellement *à côté de la plaque* que vous ne faites même pas la différence entre la vérité et le mensonge ! Et…

— J'aimerais que vous ne me parliez pas comme cela chez moi, devant mon personnel, l'interrompit-il.

— J'aimerais que vous ne me parliez pas du tout.

Les mots avaient volé. Si seulement ils avaient pu être des tasses ou des soucoupes en porcelaine ! Quelle jouissance !

Mais la réplique à peine lancée, elle la regretta. Dans le fond, sa proposition n'était pas si nulle…

Archie dut sentir son énervement car il s'agita.

— Tout va bien, Minouchat, murmura-t-elle à son neveu.

Trop tard. Archie tendait les bras à Charlie qui se leva aussitôt pour le prendre.

Et voilà ! Exactement ce qu'elle redoutait.

Gazouillant comme un moineau, Archie enroula ses bras potelés autour du cou de Charlie.

Dépitée, elle se leva à son tour, tourna sur place et, raide comme un piquet, sortit dans le jardin.

De grands pins projetaient leur ombre sur les pelouses fraîchement tondues qui lui faisaient penser à du velours. Et elle marcha jusqu'à ne plus apercevoir la maison. Découvrant une clairière, elle s'arrêta.

Mon Dieu ! Comme elle était malheureuse ! Plus de mère. Un père indifférent. Une sœur décédée. Et un neveu qui lui préférait un inconnu !

Elle leva le nez. Les arbres laissaient deviner des lambeaux de ciel bleu et, devant elle, au loin, la mer étincelait de millions d'écailles argentées. Tout n'était pas si noir, finalement.

Elle ravalait les larmes qui lui piquaient les yeux quand, soudain, une branche craqua derrière elle. Paniquée, elle se figea. Une tape sur son épaule la fit sursauter. Bravant sa peur, elle se retourna.

Il était là, Charlie. Seul.

— Où est Archie ?

— Avec Shengyi. Elle lui lit une histoire.

— Et vous ? Qu'est-ce que vous faites là ? Vous avez ce que vous voulez maintenant, alors laissez-moi tranquille.

— Mais… J'essaie de vous rendre service.

— Vous essayez surtout de me montrer que je ne sers à rien. Que je ne suis bonne à rien… pour me prendre Archie.

Sur ces mots, elle se tourna pour partir mais il la prit par le bras.

— C'était peut-être vrai il y a encore huit jours, mais plus maintenant. J'ai bien vu qu'il avait besoin de vous.

— Vous mentez encore !

Une larme roula sur sa joue, puis une autre et une autre encore. Un flot de larmes, intarissable.

Archie avait peut-être besoin d'elle aujourd'hui mais,

dans quelques semaines, quelques mois, Charlie le réclamerait, ici, à Macao, et elle serait à Londres. Seule.

— Je vois bien qu'il n'est pas heureux avec moi, dit Charlie.

Partagée entre colère et chagrin, elle sanglota, commença à le frapper, à la poitrine, avec rage. Elle le haïssait.

Mais brusquement elle s'arrêta.

Qu'avait-elle à lui reprocher, dans le fond ?

— C'est ma faute, laissa-t-elle tomber.

Interdit, désolé, Charlie resta planté là, incapable de la consoler. Elle était malheureuse et son chagrin, bouleversant. Il n'avait pas cherché à la contrarier, évidemment, même s'il se doutait qu'elle n'apprécierait pas sa décision. Mais il ne s'attendait ni à ce désespoir, ni à ces accusations.

Elle n'avait pas complètement tort. Dans le passé, il était imbuvable, suffisant, froid mais, avec elle, il ne voulait pas être cet homme-là.

Les sanglots reprenant, il l'attira à lui. Elle commença par lui résister, se débattit un peu puis se laissa faire.

Il caressa ses cheveux, lui parla doucement, en chinois, jusqu'à ce qu'elle se calme.

— Ce n'est pas votre faute, murmura-t-il. Archie est perdu. Sans mère pour le rassurer, il n'a plus de repères ; Son environnement a changé. Tout a changé.

Il lui releva tendrement la tête.

— Sauf vous.

Son mascara avait coulé, elle avait les yeux rouges mais elle ne pleurait plus.

— Vous êtes là. Vous êtes son ancre, et vous êtes parfaite avec lui.

— Si c'est ce que vous pensez, pourquoi avoir engagé Shengyi ?

— Pour vous soulager, pas pour vous remplacer.

Soulevés par la brise de mer, ses cheveux blonds lui chatouillaient la joue. Il enroula une mèche derrière son oreille qu'il embrassa.

— Je pense que vous êtes irremplaçable, Dora. Je suis sincère, je n'ai jamais connu de femme comme vous.

Pourquoi lui livrait-il son cœur, lui qui se contrôlait toujours si bien ? Était-ce son pouls qui battait trop fort ? Ses seins qu'il sentait contre sa poitrine ? Ou, simplement, un besoin de la réconforter et de la voir sourire ?

Il y eut quelques secondes de flottement. Il n'eut que le temps de saisir l'éclat brûlant de ses yeux gris… elle happa sa bouche.

Non, non, non… C'est une bêtise.

Mais, à ce stade, il s'en moquait.

Rien ne pouvait plus l'arrêter. Son odeur, ses lèvres, sa langue qui cherchait la sienne, son corps pressé contre le sien, son ardeur… Il voulait tout.

Il la serra plus fort. Ses lèvres étaient tendres et, elle, tiède et sucrée comme un bonbon fondant. Il sentit ses doigts courir sur son dos, la laissa faire et prit son visage dans ses mains pour approfondir son baiser.

Fou de désir, il sentit son sexe durcir contre elle qui ondulait contre lui. Elle avait glissé ses jambes nues entre les siennes et les serrait si fort qu'elle le sentait vibrer contre son ventre.

Il voulait plus maintenant, il voulait tout.

Empoignant ses cheveux, il lui rejeta la tête en arrière, mordilla son cou, sa gorge. Ce n'était pas assez. Les reins en feu, il glissa les mains sous son haut.

Comme c'était bon ! C'était magique.

Elle avait la peau douce… De la soie.

Encouragé par ses gémissements, il s'enhardit, et glissa les mains sous son soutien-gorge.

— Charlie…, susurra-t-elle.

Tout étourdi, il recula.

Ce qu'il faisait là était une énorme bêtise. Où était donc passée sa froideur légendaire ?

Mais il avait toujours la tête qui tournait et ne pouvait dissimuler son désir de la prendre.

— Dora…

Elle avait un regard égaré, perdu. Comme lui, sûrement.

— Je ne sais pas ce qui s'est passé, murmura-t-elle.

Il se ressaisit, il ne fallait pas que cela se reproduise.

— Peu importe, dit-il d'un ton cinglant. Je suis entièrement responsable.

— C'est moi qui vous ai embrassé !

— Oui mais je vous ai embrassée moi aussi et je n'aurais pas dû. Mais vous étiez tellement bouleversée…

— Pardon ? Ne me dites pas que vous m'avez embrassée par pitié.

La vraie Dora reprenait le dessus. Impulsive, elle fulminait, tremblait de dépit.

— Ce n'est pas ce que j'ai voulu dire. Les jours passés ont été difficiles. Vous êtes à fleur de peau.

— En plus, vous me faites des reproches !

— Ça suffit, Dora. Lâchez-moi.

Son menton tremblait, elle allait pleurer et, cela, il se le reprocherait. Il était trop brutal. Dorénavant, il faudrait qu'il mesure ses propos, qu'il la ménage.

— Rentrez à la maison et occupez-vous d'Archie.

Furieuse, elle pivota sur place et s'en alla.

Il ne la regarda pas s'éloigner. Ne la suivit pas. Au contraire.

Prenant sa respiration, il partit dans le sens opposé, évitant de faire ce qu'il avait promis à son père de ne jamais faire.

5.

Il faisait très beau.

La main en visière pour ne pas être éblouie par le soleil, Dora bougea dans son transat. Devant elle, la piscine n'attendait que son plongeon. Sur la petite table à côté d'elle, les glaçons fondaient dans son smoothie mangue noix de coco. Un délice.

Dans une autre vie, elle aurait été au paradis, pensa-t-elle, songeuse, en regardant le ciel bleu sans nuage.

Malheureusement rien n'était jamais parfait.

Un nuage assombrissait son humeur. Un grand nuage aux cheveux bruns, aux yeux noirs, à la mâchoire virile.

Elle jeta un coup d'œil discret en direction de la piscine. Il se baignait, tenant Archie. Le petit bonhomme s'amusait à éclabousser son demi-frère avec une joie sans pareille. Il était adorable. Elle allait le photographier.

Elle prit son téléphone et le braqua sur lui. Sur eux.

Pendant le petit déjeuner et une grande partie de la matinée, elle s'était arrangée pour éviter de le regarder. Mais maintenant, grâce au zoom de son appareil, elle allait pouvoir l'étudier à loisir sans qu'il s'en rende compte.

La bouche sèche, elle le visa. Hier, elle avait commencé à l'imaginer nu. Maintenant, elle le voyait vraiment. Il était large d'épaules, très musclé, et plus beau encore que dans son fantasme. Le cœur battant, elle repensa à leur étreinte, au choc ressenti quand elle s'était plaquée contre lui et qu'elle avait senti son érection contre son ventre. L'excitation que cette sensation avait provoquée en elle avait été indicible. À peine supportable.

Elle en rougit.

Complètement submergée par le désir, égarée, perdue, il aurait suffi d'un rien pour qu'elle succombe. Elle se rappelait avoir pris ses doigts et les avoir guidés sur elle, là où elle sentait qu'ils lui feraient du bien, là où ils la feraient gémir. Évidemment, elle avait connu et embrassé d'autres hommes avant Charlie, mais jamais comme lui.

Elle se concentra de nouveau sur l'écran de son portable et vit qu'il l'observait.

— Tournez Archie vers moi, demanda-t-elle. Il regarde de l'autre côté.

Les joues en feu – malgré le chapeau qui la protégeait du soleil – elle chercha le bon angle, pour faire durer le plaisir.

— Voilà, c'est bon.

Pour elle, leur baiser resterait un moment mémorable. Pas pour lui, apparemment. Peut-être avait-il eu envie d'elle mais… le temps d'un éclair seulement. Elle en savait assez sur les hommes pour avoir remarqué qu'il la désirait… Et, même, qu'il était fiévreux. Ses mains avaient couru partout sur son corps. Sa bouche… Oh ! sa bouche…

Pour l'heure, il avait repris ses distances et la fièvre qu'elle avait lue – ou cru lire – dans ses yeux était retombée.

Finalement, ce qu'elle avait pris pour de l'ardeur n'était que le fruit de son imagination. Comme elle était bête ! Naïve surtout…

Sa stupidité la fit rougir de honte.

Pour une fois qu'un homme lui inspirait vraiment des sentiments forts ! Qu'elle avait envie d'autre chose que d'une nuit ! Quel dommage !

Comme les autres, il avait dû découvrir qu'elle ne valait

pas la peine que l'on s'engage dans une relation sérieuse avec elle… Qu'elle n'était pas digne d'être aimée.

En général, c'était elle qui prenait les devants… avant qu'ils ne s'en rendent compte. De cette façon, elle ne risquait pas de souffrir s'ils la quittaient. Car on la laissait toujours.

Elle aurait dû s'en souvenir, hier. C'était trop tard maintenant mais, à l'avenir, elle garderait cela en tête. C'était lassant de donner sans rien obtenir en retour, ou si peu.

Un peu démoralisée, elle cligna des yeux. Charlie s'était approché d'elle, Archie sur ses épaules bronzées. Comme il se découpait en ombre chinoise sur le soleil, elle ne pouvait voir son expression mais elle sentait son regard posé sur elle, sur sa peau que couvrait à peine son bikini bleu électrique. Pourquoi n'avait-elle pas mis un maillot une pièce ?

— Coucou, bébé !

Charlie déposa l'enfant sur ses genoux pour qu'elle le sèche et s'installa dans le deuxième transat. Il avait lissé ses cheveux mouillés en arrière et son visage frappait par la virilité de ses traits.

— Il adore l'eau.

— Il l'a toujours adorée.

Ce souvenir la fit sourire.

D'un ton dégagé, il enchaîna :

— Pourquoi avez-vous voulu sa garde ?

— Pardon ?

— Sa garde ? Pourquoi avez-vous voulu le…

— Ah ! C'était un souhait de Della.

Les larmes aux yeux, elle baissa la tête. Trop de souvenirs, trop de tristesse, et le vide laissé par la mort de sa sœur.

Archie, qui venait de laisser tomber sa peluche, se mit à pleurer.

— Il sait ce qu'il veut. Et il doit aimer ce qui est nouveau.

— Pourquoi dites-vous cela ?

— Parce qu'il est né l'année du singe.

Il sourit comme il n'avait encore jamais souri. Quand il était grave, elle le trouvait intimidant mais, quand il souriait, ses lèvres s'ouvraient comme des pétales de fleur et déclenchaient chez elle l'envie de les caresser, du bout du doigt, du bout de la langue.

— C'est pour cela que vous lui avez acheté cette peluche ? Parce que vous êtes un singe, vous aussi ?

— Non, un tigre.

Elle le regarda. Malgré sa chevelure plaquée sur son crâne, il avait en effet de faux airs de félin. Son calme apparent, sa grâce, sa beauté et sa puissance contenue évoquaient un gros chat.

— Puis-je vous demander quelque chose ? dit-il alors, rompant le silence qui s'installait.

— Cela dépend.

— Je sais que votre séjour va être court et qu'Archie a à peine un an mais puisque vous en avez la garde, j'estime que vous devez être au courant de notre activité.

— Si je comprends bien, je vais devoir m'asseoir et vous écouter ?

Il haussa les épaules.

— Si c'est ce que vous préférez… Personnellement il me semble plus simple, plutôt que de parler, de vous faire faire le tour du domaine.

Comme elle ne répondait pas, il insista.

— Un problème ?

— Non mais après ce que vous avez dit à Londres, je pensais que votre priorité était de présenter Archie à ses demi-sœurs.

— Bien sûr. Malheureusement, elles sont à New York en ce moment.

En ce cas, qu'y avait-il d'urgent à les faire venir maintenant ? faillit-elle lui demander.

Charlie ébouriffa les cheveux d'Archie qui agita la tête comme un petit diable en repoussant la main de son frère.

— Si vous préférez qu'on parle ici, allons dans mon bureau.

Passer l'après-midi avec lui. Tous les deux seuls dans son bureau, porte fermée… Non, il n'en était pas question !

— Dans le fond, vous avez raison, j'aime autant que vous me montriez le domaine.

Deux heures plus tard, étourdie par ce qu'elle avait déjà vu, elle regarda autour d'elle.

— Et ça ? Ce sont les…

— … machines à sous. Elles représentent à peine un pour cent de nos recettes. Le baccarat est très prisé. Nous proposons aussi black jack et roulette. Et, bien entendu, le Sic Bo.

Elle écarquilla les yeux.

— Jamais entendu parler !

— C'est un jeu local. Vous avez une chance sur deux de gagner. Curieusement, c'est très demandé.

— Ah oui ?

Elle était allée à Las Vegas et pensait avoir vu ce qui existait de plus excentrique sur la terre. Grosse erreur ! Le Golden Rod était sans doute le plus grand hôtel casino du monde et lorsque les travaux de rénovation seraient achevés, il écraserait tous ses concurrents. Imaginer le petit Archie en héritier de cette fortune colossale avait de quoi faire tourner la tête.

Immanquablement, Dora pensa à Della. Elle avait du mal à croire que l'homme qui possédait cet empire ait pu être l'amant de sa sœur.

Le père de son neveu adoré.

Ce petit garçon allait devenir un jeune homme riche.

Combien de temps lui faudrait-il pour succomber aux sirènes de l'argent ? Au mirage du strass et des paillettes ? Mais il n'y avait pas que la fortune qui risquait de l'inciter à demeurer ici. Ici, à Macao, il avait un demi-frère, des demi-sœurs. En un mot, une famille.

En comparaison, quelle vie lui offrait-elle à Londres ?

Elle commença à se ronger un ongle comme chaque fois qu'elle était énervée.

Cette vie-là ne lui offrirait pas grand-chose d'attrayant. Une tante, deux grands-parents indifférents et une petite maison.

— On peut s'arrêter prendre un thé, si vous voulez. Je suis certain que vous avez beaucoup de questions à me poser. Allons nous asseoir dans un coin plus tranquille.

— Pourquoi pas ici, tout simplement ? dit-elle d'un ton qu'elle voulait neutre.

— Comme vous voudrez.

Cinq minutes plus tard, ils s'asseyaient dans un salon de thé au décor typiquement chinois. Lanternes en bronze, meubles en acajou massif, bouddhas rieurs, sculptures de singes de la sagesse…

— Ça vous plaît ? lui demanda-t-il.

— J'adore.

— Dans les années trente, avant que Macao ne devienne le Las Vegas de l'est, on l'appelait la Casablanca d'Extrême-Orient.

D'un geste de la main, il fit signe au serveur de s'éloigner et servit lui-même le thé.

— Il y avait de tout ici. Des fumeries d'opium et des trafiquants. Des bars de nuit et des cabarets enfumés. Des gangsters en cavale et des femmes très belles.

Elle vit ses yeux briller.

— Ce n'était pas encore l'enfer du jeu, ajouta-t-il en riant. Mais le temple du péché.

La voir rougir l'émoustilla tellement qu'il ne pensa plus qu'à la mettre dans son lit. D'abord, il la prendrait sur ses genoux, puis il soulèverait son chemisier de soie, celui-là même qu'elle portait à Londres le jour où tout avait commencé entre eux.

À l'époque, il s'était moqué de l'effet qu'elle lui faisait. Il l'avait même nié, mais il savait qu'aucune femme ne lui avait jamais inspiré autant de fantasmes.

C'était évidemment parce qu'elle était le fruit défendu.

Il essaya de se calmer. Mais comment rester serein quand le souvenir de ce qui s'était passé dans le jardin lui trottait dans la tête ? Il avait envie d'elle à en mourir mais savait que céder au vertige ne lui apporterait que regret et désordre.

Ce qu'il fallait, c'est qu'il reprenne ses habitudes.

La nuit dernière, il avait mal dormi. La voir dans son mini-bikini bleu électrique l'avait tenu éveillé une bonne partie de la nuit. Mais pas seulement. La tristesse qu'il avait lue dans son regard l'avait ému. C'était une tristesse qu'il comprenait. Elle avait peur, peur d'être repoussée, ignorée, reléguée dans le froid, le noir et le silence.

Mais elle n'avait pas à s'inquiéter. Tout irait bien pour elle. Il y veillerait. Il s'assurerait que financièrement elle soit toujours à flot. Il le ferait pour Archie.

Quant à leur petit jeu – je t'aime moi non plus – il fallait qu'il arrête. Tout de suite.

Elle s'étira langoureusement.

— Péché et secrets, laissa-t-elle tomber. Vous êtes dans votre élément, ici. Ça ne m'étonne pas.

— Je vous l'ai déjà dit, je n'ai pas de secret.

— Et vous n'avez jamais péché ?

Pas avec vous, pensa-t-il. Ce n'est pas faute d'en rêver.

— Vous n'êtes pas joueur ?

— Non. Et vous ?

— Non. Je travaille dans un casino, je vois les désastres auxquels mène le jeu.

Il la regarda prendre sa tasse et souffler sur son thé. Puis détourner les yeux comme si quelque chose la peinait. Quel mystère, quelle souffrance cachait-elle ?

Piqué dans sa curiosité, il décida de tout faire pour qu'elle se dévoile. Il l'avait amenée ici pour une raison simple, lui montrer ce qu'il pouvait offrir à son frère, lui faire comprendre que, dans l'intérêt d'Archie, elle devait accepter l'idée qu'il s'implique dans sa vie.

— Hélas, oui.

Elle haussa les épaules.

— Ce n'est jamais le client qui gagne. Que ce soit à Blakely ou à Las Vegas, les gens n'ont pas l'air de le comprendre.

— Vous connaissez Las Vegas ? Vous préférez Macao ou Las Vegas ?

Il lui posait n'importe quelle question pour entendre sa voix, pour voir sa bouche s'ouvrir à chaque syllabe comme un bouton de rose qui éclôt, pour la voir humecter ses lèvres charnues du bout de la langue. Et, surtout, pour tenter de détourner la conversation et de l'orienter vers des sujets moins personnels.

— Ici, c'est plus classe. Le personnel féminin n'est pas habillé comme les filles qui travaillaient dans des maisons de passe au dix-neuvième siècle.

Surpris, il éclata de rire.

— C'est l'avantage d'avoir des sœurs, déclara-t-elle. Elles conseillent le boss que vous êtes.

Charlie se tendit. La remarque de Dora sur ses liens avec ses sœurs ne pouvait être plus éloignée de la réalité.

Lei, Josie et Sabrina… Lui et ses demi-sœurs avaient tous une fonction dans l'empire de leur père et présentaient un front uni face au monde. C'était la condition sine qua non qu'avait imposée Lao Dan pour admettre un membre du clan au sein de l'entreprise. Et y rester. Mais en privé...

Pensant à l'entente entre Della et Dora, il soupira. Mieux valait ignorer la rivalité entre les membres de sa famille. Mais c'était difficile. Son père avait été intraitable. Dans la vie, il fallait être le meilleur, le premier. Ce n'était pas négociable, il fallait triompher. Archie n'échapperait pas à la règle, pensa-t-il, la mort dans l'âme. Heureusement pour Dora, elle n'avait rien à voir avec la dynastie Lao.

— Puisque nous sommes tranquilles, avez-vous des questions à me poser ?

Silence. Puis une petite voix, presque hésitante :

— Della est-elle venue ici avec lui ? Avec votre père ?

— Ils collaboraient, Dora.

— Je sais... Mais je me demandais s'il se montrait avec elle ou si elle était juste... Non, peu importe.

Elle lui lança un regard furtif. Le même regard qu'elle avait un peu plus tôt. C'était donc cela, tout à l'heure ! Elle pensait à sa sœur.

— Ils étaient très discrets. Ils évitaient de se montrer ensemble mais il avait beaucoup de tendresse pour elle. Ce n'était pas que...

— Merci, l'interrompit-elle.

— De quoi ?

— De m'avoir répondu. Je me doute que ça ne doit pas être facile de me parler d'elle... D'eux.

Effectivement. Son père avait eu d'autres femmes dans sa vie mais aucune ne lui avait donné un enfant – un fils – et cette naissance avait anéanti sa mère. La voir si malheureuse l'avait dévasté lui aussi. Elle était si bouleversée, si blessée !

Mais, sans cette liaison, il n'y aurait pas eu d'Archie. Ni de Dora.

— Excusez-moi, monsieur Law.

Son assistant, Arnaldo, fit un pas dans la pièce.

— Je suis désolé de vous interrompre, mais c'est pour vous prévenir que votre sœur Lei arrive.

Dora ne put manquer de marquer sa surprise.

— Je croyais qu'elle n'était pas là.

— C'est ce qu'il me semblait aussi…

Il fit signe à son assistant de disposer et se leva, imité par Dora. Ils traversèrent le casino.

— Lei attendra, ce n'est pas grave. Elle n'avait qu'à prévenir de sa visite.

Lei ne le faisait jamais, estimant qu'il n'avait pas plus de droits qu'elle. Cette tension durait depuis toujours.

Ils affichaient une entente parfaite en public et, jusqu'à récemment, leur simulacre de relation harmonieuse ne le dérangeait pas. Mais depuis sa conversation avec Dora, la comparaison entre le lien qui les unissait Della et elle, et celui qui aurait dû les unir, Lei et lui, le laissait songeur. Et envieux. Entre sa sœur et lui, ce n'était que mensonges et faux-semblants.

Comme ils descendaient les marches, il lui prit le bras et la poussa doucement vers la limousine qui les attendait. Il se glissa à côté d'elle.

— Mais… ? Votre sœur ?

— Je vous ai dit qu'elle attendra.

— Vous avez bien prévenu vos sœurs de ma présence ?

— Oui.

— Alors, pourquoi ? Vous ne voulez pas qu'elles me voient ? Je ne suis pas présentable ?

Mi-agacé, mi-amusé, il soupira.

— Puisque vous insistez, je vais être franc avec vous. Ce n'est pas vous que Lei a envie de voir, c'est Archie.

Elle accusa le coup, puis balbutia :

— Ah bon ! Très bien…

Elle glissa sur le siège – le plus près possible de sa vitre. Le plus loin possible de lui.

Ils roulèrent un moment en silence. De temps à autre, il lançait un regard dans sa direction. Son ton était ferme. Buté.

Arrivé à la maison, il ne s'attarda pas. Il la laissa aller nourrir le bébé et se rendit dans son bureau. Il allait faire une partie de mah-jong pour tenter de penser à autre chose qu'à cette femme qui commençait à l'obséder.

Dans la voiture, il l'avait contrariée. Il avait été brutal en lui assénant que ses sœurs n'avaient rien à faire d'elle. Il avait eu tort. Maintenant qu'Archie était là, ses sœurs et lui pouvaient peut-être faire un effort et nouer une relation digne d'une vraie famille aimante ?

Il la trouva dans la bibliothèque, assise dans un fauteuil. Penchée en avant, les bras autour des genoux, elle faisait semblant de lire un livre posé par terre. En réalité, elle ne lisait pas.

Il s'assit en face d'elle, près d'une pile de romans.

— Ce que j'ai dit en voiture était absurde. Et pas indispensable.

— Et néanmoins vrai, ajouta-t-elle sans relever la tête.

— Plus maintenant. J'ai parlé à mes sœurs.

Elle fit la moue.

— Ah ? Et tout est réglé ? Comme par magie ?

Il repensa à la conversation qu'il avait eue avec ses sœurs. Un peu bizarre au début, puis plus détendue, plus facile que d'habitude. Pour une fois, il avait eu l'impression qu'ils ne se jaugeaient pas, qu'ils échangeaient vraiment. Si leur père ne s'était pas ingénié à les dresser les uns contre les autres, les relations auraient certainement été différentes. Celles de frère et sœurs. Normales. Comme entre Dora et Della.

— Non, pas réglé. Nous nous sommes expliqués. Je sais être persuasif quand je veux.

Il essayait de la faire sourire mais elle n'était vraiment pas d'humeur.

— Ce n'est ni arrangé, ni réglé, ni expliqué, Charlie. Ça n'est rien du tout car ce n'est pas votre problème. C'est le mien.

Nerveuse, elle serrait si fort les mains que leurs articulations étaient blanches.

— Vous aviez raison, avant… à propos de ma réaction.

Pensant à la façon dont il avait réagi, il ressentit un peu de culpabilité.

— Vous êtes la tante d'Archie. C'est normal, vous le cherchiez.

— Oui mais… Et puis, peu importe. Vous ne pouvez pas comprendre.

Tu n'écoutes pas… Tu t'en fiches. Ce reproche, sa mère le lui adressait régulièrement. Et c'était vrai.

Très jeune, il avait dû choisir son camp, choisir que penser, comment agir, comment parler, et il avait choisi de faire comme son père, pour que Lao Dan se retrouve dans son fils.

C'était ce que sa mère souhaitait – qu'il soit couvert d'or – et il s'y était employé, pour lui plaire.

Mais ce qu'elle n'avait pas prévu, c'est que ce choix allait faire de lui un être insensible. Plus exactement, quelqu'un qui considérait l'émotion comme de la faiblesse.

Mais il voulait écouter Dora, car il l'appréciait.

— Peut-être, mais je veux essayer.

— Je ne sais pas comment expliquer cela, commença-t-elle doucement. Mais depuis que Della n'est plus là, nous étions tous les deux, Archie et moi. Et puis, vous avez fait irruption, et Archie s'est retrouvé avec une famille. J'ai pensé que j'en ferais partie. Pas pour l'argent non, ça, je m'en moque. Mais pour être acceptée, moi aussi…

Elle hocha la tête.

— C'est pathétique, je sais.

Prenant son menton dans sa main, il tourna son visage vers lui. Elle était décoiffée, son mascara avait coulé et lui avait barbouillé les joues. Malgré cela, elle était belle.

Belle… et honnête. Elle avait le courage de reconnaître ses torts.

— Non, ce n'est pas pathétique. C'est parfaitement normal. Vous êtes en deuil, Dora. Je sais que vous voulez donner l'image de quelqu'un de fort, qui surmonte sa peine mais vous avez le droit de chercher de l'aide. Parlez à vos parents, ils comprendront.

Faites ce que je dis, pas ce que je fais…

— Mes parents !

Sa voix se brisa.

— Ce n'est pas écrit dans votre rapport ? Dans ce cas, exigez qu'on vous rembourse !

Il fronça les sourcils. Elle avait des parents divorcés. Qu'y avait-il de plus à apprendre ?

Le jour baissait. Dans la lumière grise qui tombait, il remarqua ses poings de plus en plus serrés.

— Ma naissance n'aurait pas dû avoir lieu. Ma mère n'aimait plus mon père. Dans sa hâte à le quitter, elle est partie en me laissant, comme un vulgaire paquet. J'avais quelques mois, je ne pense pas l'avoir réclamée une seule fois. Quant à mon père, David, il est resté, mais uniquement pour Della.

— J'ai du mal à vous croire…

— Vous avez tort. Quand j'étais petite, j'ai surpris une dispute entre eux. Il était question de moi. Il disait qu'il était sûr que je n'étais pas de lui. Plus tard, ado, quand je suis devenue infernale, mon attitude l'a conforté dans l'idée qu'il ne *pouvait pas* être mon géniteur !

— Vous êtes pourtant sa fille, Dora.

Elle esquissa un pauvre sourire.

— Quand il est parti, j'avais treize ans ; en définitive, je ne suis la fille de personne. Della a déposé une demande auprès des tribunaux pour obtenir ma garde ; et elle l'a obtenue. Donc, elle s'est occupée de moi. Pauvre chérie ! Quelle galère ! Je lui en ai fait voir de toutes les couleurs ! Malgré cela, elle ne m'a jamais lâchée. Et maintenant, elle n'est plus là…

Nul besoin de se mettre à sa place, il savait ce qu'elle ressentait. Lui aussi avait connu des aléas. Mais il avait réagi très différemment. Roulée en boule, comme un hérisson qui sort ses piquants, elle avait développé de l'agressivité ; lui, au contraire, tel un caméléon, s'était habilement adapté aux situations qui se présentaient, tant et si bien qu'il ne savait plus trop qui était Charlie Law.

— Vous aviez treize ans. À cet âge-là, tous les ados sont pénibles, Dora. Pas seulement vous.

— Oui mais, à dix-neuf ans j'ai arrêté la fac. Della avait bossé comme une folle pour que je « réalise mon rêve » et je l'ai déçue. Et maintenant, elle n'est plus là. Je suis bourrée de remords. J'ai honte de moi.

Comme il faisait de plus en plus sombre, il alluma.

— Éteignez, dit-elle.

Elle ne voulait pas qu'il la voie pleurer. Ému, il la prit dans ses bras et l'assit sur ses genoux.

— Non, vous ne l'avez pas *déçue,* comme vous dites. Et maintenant vous vous occupez de son fils, mon petit frère. De cette façon, vous faites partie de ma famille. Et moi, je prends soin de ma famille.

Elle leva les yeux, fixa sa bouche avec tant d'insistance qu'elle déclencha chez lui un frisson irrépressible. Il n'avait ni froid, ni chaud pourtant, mais ses reins brûlaient d'un désir violent que son pantalon avait du mal à masquer.

— Dora, dit-il doucement, envoûté. Vous n'êtes pas… J'aimerais…

Elle se serra contre lui.

— Quoi ? Vous aimeriez quoi ?

Elle le sentait de plus en plus dur contre elle…

« Vous », pensa-t-il.

Mieux valait qu'il évite ce genre de déclaration. La femme assise sur lui n'était pas du style à apprécier les fadaises. Ce qu'il risquait, c'est qu'elle se lève et disparaisse. Il ne voulait surtout pas lui inspirer cette réaction.

Le regard rivé sur lui, elle leva la main et, du bout des doigts, dessina le pourtour de ses lèvres.

Son cœur, affolé, cognait dans sa poitrine. Il le sentait, l'entendait battre.

— J'aimerais quelque chose que… que je ne devrais pas désirer, dit-il.

Chassant l'air qu'elle avait dans les poumons, elle plaqua la main sur sa chemise.

Surpris par son geste, il la dévisagea. La couleur de ses yeux avait changé ; ils étaient d'un gris très doux, maintenant.

Elle hésita une seconde.

— Et si j'avais envie de la même chose que vous ?

Éperdu de désir, il s'efforça de résister à sa demande.

— Vous êtes fatiguée, Dora. Vous ne savez pas ce que vous dites.

— Je ne sais pas ? Laissez-moi vous montrer, murmura-t-elle.

N'hésitant plus, elle prit son visage dans ses mains et posa ses lèvres sur les siennes.

6.

Charlie ne bougea pas. Il avait la tête qui tournait et Dora tremblait contre lui comme si elle avait froid. Mais sa peau était tiède sous ses doigts.

Les battements de son cœur redoublèrent. Il fallait qu'il mette tout de suite un point final à leur excitation. Qu'elle descende de ses genoux avant qu'ils ne commettent l'irréparable.

Et pourtant... Pourquoi ne pas se faire du bien ? se dit-il. Pourquoi nier leur attirance mutuelle puisqu'elle crevait les yeux ? Ils avaient eu envie l'un de l'autre dès l'instant où ils s'étaient vus dans le cabinet d'avocats, à Londres. Oui, pourquoi le nier ?

Incapable de se dominer plus longtemps, il la serra contre lui, presque violemment puis, prenant son visage à deux mains, il happa sa bouche.

Elle se plaqua contre lui, entrouvrant les lèvres. Il n'en fallait pas plus pour décupler le désir qui l'étouffait. Empoignant ses cheveux, il lui tira la tête en arrière et l'embrassa passionnément. La souplesse de son corps, le goût de sa bouche... Elle était merveilleuse.

Elle se mit à onduler contre lui, le prit par les épaules et les serra si fort qu'il sentit ses ongles s'enfoncer dans sa chair. La pile de livres tomba à terre mais ils l'entendirent à peine.

Incapable de se dominer plus longtemps, il déboutonna

le chemisier qu'elle portait et en écarta les pans. Ses seins apparurent dans une fine dentelle qui laissait deviner leurs pointes plus foncées. Excité par cette vision, il baissa la tête et prit un mamelon dans sa bouche. Puis l'autre. Aussitôt, elle se cambra en gémissant.

Mais il voulait plus. Il voulait connaître la douceur de sa peau sans cette dentelle. Il voulait caresser les courbes de sa gorge, de son corps tout entier…

Rendu fou par l'impatience, il lui arracha son chemisier, son soutien-gorge et dévora des yeux sa poitrine dénudée. Qu'elle était belle avec ses cheveux blond cendré encadrant son ravissant visage ! Et elle le suppliait du regard, les yeux voilés par le désir.

Dévoré par le besoin d'être en elle, il retint un gémissement de frustration.

Avec les femmes, il le savait d'expérience, il y avait des étapes à respecter. Avec Dora, décidément, rien n'était pareil. Et lui non plus n'était pas le même. Sa volonté se trouvait réduite à néant. Ses sens supplantaient sa raison. L'attirance qu'elle exerçait sur lui était irrésistible.

Il posa les mains sur sa poitrine et la caressa du bout des pouces tout en humant son cou, là où sa peau était si tendre. Il prit ses seins en coupe et commença à les caresser…

Délaissant le creux de son cou, il embrassa sa gorge, descendit plus bas, mordilla ses mamelons un à un, la faisant frémir. Il pencha la tête en arrière et la contempla…

Elle était trop belle et trop désirable pour tout bâcler à cause de son impatience, à cause de son empressement à satisfaire sa rage d'être assouvi.

Il fallait qu'il se calme. Qu'il prenne son temps pour la savourer pleinement.

Se forçant à se dominer, il posa de nouveau les mains sur ses hanches et la serra contre lui. Puis, incapable de résister aux sensations qu'elle faisait naître en lui, il reprit ses seins.

Dora gémit. Son cœur battait très fort. Des vagues de désir déferlaient en elle comme l'eau d'une source courant vers une levée. Il ne fallait pas qu'il arrête. Elle ne voulait pas qu'il arrête. Jamais !

Elle lui avait dit qu'elle avait envie de lui, mais n'avait pas mesuré la puissance de ce désir. Elle voulait le toucher, laisser ses doigts courir sur sa poitrine, sa langue glisser sur le duvet noir qui disparaissait sous sa ceinture.

S'enhardissant, elle déboutonna sa chemise et l'ouvrit. L'embrassa fougueusement une fois, puis une autre et encore une autre. Elle remonta vers son cou, sentit la petite veine sur le côté palpiter sous sa langue et tout son corps trembler.

Alors, sans hésitation, elle posa la main sur la fermeture de son pantalon.

— Dora, dit-il. Je…

Ses yeux étaient très noirs et sa voix rauque et déformée par le désir.

N'écoutant que son envie, elle s'agenouilla devant lui, entre ses jambes, lui enleva son pantalon et écarta son slip.

— Dora, dit-il sans vraiment chercher à l'arrêter.

Elle enroula les doigts autour de son sexe, sentit la force et l'urgence sous la peau soyeuse et tendue. Alors, submergée par l'envie de le goûter, elle baissa la tête, le guida dans sa bouche et fit rouler sa langue autour de lui.

Le corps tendu comme un arc, Charlie rejeta la tête en arrière, savourant la torture de sentir la bouche, la langue de Dora aller et venir sur lui. Le plaisir était si vif qu'il sentit ses jambes faiblir légèrement…

Refusant de tout lui donner tout de suite, il tenta de se contrôler. Penché sur elle, il passa la main dans ses cheveux pour l'inviter à se relever. Oubliant ce qu'il s'était juré un instant plus tôt, il déboutonna sa jupe et la laissa glisser sur ses jambes. Un doigt passé sous son string, il l'attira à lui. Ses reins en feu ne pouvaient plus attendre. C'était comme si, subitement, son temps était compté.

Prenant ses cuisses à pleines mains, il la souleva contre lui.

Saisie d'un soudain vertige, Dora s'agrippa à ses épaules.

— Charlie…

Elle le prit par les cheveux, le repoussa mais, folle du désir d'être pénétrée, le ramena à elle.

Elle le vit prendre une protection et le regarda la glisser sur lui. Dans son enthousiasme, elle avait complètement oublié ce détail.

Alors qu'il la pénétrait tout en caressant ses hanches, elle sentit le plaisir enfler, l'envahir totalement. Elle se cambra pour mieux s'offrir à lui, laissant monter la vague de plus en plus puissante qui menaçait de la submerger.

Il respirait très fort, par saccades. Quand elle voulut prendre son visage dans ses mains, il les repoussa, avant de se libérer en elle d'un ultime coup de reins, tandis qu'elle ondulait sous lui et criait son nom.

Pendant un moment elle resta lovée contre lui, la tête blottie contre sa poitrine qui se soulevait au rythme de son souffle précipité.

Il passa un bras autour d'elle, incapable de dire un seul mot.

Quand elle eut recouvré ses esprits, elle se dit qu'elle ne regrettait pas un seul instant ce qui s'était passé. Elle avait eu beaucoup de plaisir. Elle n'imaginait même pas que faire l'amour puisse être aussi fabuleux. Charlie était fantastique, il savait caresser, aimer, donner…

Non, ce qu'elle regrettait, c'est ce qui ne s'était pas passé. Il y avait mille et une façons de trouver le plaisir et elle voulait les essayer toutes avec cet homme. Elle voulait regarder ses yeux se voiler quand elle le chevauchait, elle voulait entendre son cri quand il se libérait, elle voulait le sentir en elle encore et encore…

Elle laissa échapper un soupir.

Elle voulait rester ici toujours, lovée contre lui qui lui transmettrait sa chaleur. Peau contre peau. Rassurée par l'impression de force et de puissance que dégageait ce corps viril.

Il déposa un baiser dans ses cheveux et se retira. Elle sentit son regard s'attarder sur son corps nu et posa la main sur sa poitrine là où son cœur s'emballait.

— Qu'y a-t-il ? demanda-t-elle.

— Je me disais que tu étais vraiment très belle…

C'était le genre de compliment que beaucoup d'hommes lui faisaient au pub, penchés vers elle pour couvrir les décibels de la sono… et tenter de la mettre dans leur lit !

— Tu n'es pas obligé de me flatter, tu sais…

Il se pencha sur elle et fit glisser une mèche de ses cheveux derrière son oreille.

— Je ne me force pas, répliqua-t-il. Je le dis parce que c'est vrai et que cela me fait plaisir de te le dire.

C'était agréable à entendre, presque aussi bon que sa main qui s'attardait sur sa joue.

Mais les bonnes choses avaient toujours une fin, avait-elle entendu dire.

Elle n'échappait pas à la règle. Avec elle, rien ne durait jamais. D'ailleurs, elle s'en allait toujours avant qu'on ne l'approche de trop près et qu'elle voie ce qui se cachait sous les sourires, les mots doux…

Et c'est pour cela qu'elle avait aimé chanter.

Sur scène, il y avait toujours un espace entre elle et son public. Il ne voyait et n'entendait que ce qu'elle voulait bien qu'il voie et entende. C'était la zone de sa vie qu'elle contrôlait. Ou plutôt, avait contrôlé.

Car ça aussi, c'était fini.

— Nous devrions nous rhabiller, dit-elle, jetant un coup d'œil à la porte.

— Oui. Mais ce qu'il faudrait et ce que je veux faire ne concorde pas, déclara-t-il sans faire un geste.

Une légère inquiétude s'empara d'elle Si, d'habitude, elle n'attendait pas son reste, avec Charlie elle venait de découvrir quelque chose de nouveau, l'envie d'aimer et d'être aimée. Mais ne risquait-elle pas de souffrir ?

— Mais encore ? dit-elle, d'un ton faussement dégagé.

— Tu le sais très bien. Toi et moi… Bref, ce qu'on vient de faire n'est pas une bonne idée. Malgré cela, je n'ai pas envie qu'on en reste là.

De ses yeux noirs profonds, il la scruta.

— Et toi non plus, je pense.

— Je n'entretiens jamais de relation au long cours.

— Moi non plus. D'ailleurs, ce n'est pas ce que je te propose. Mais nous pourrions rester amis.

— Tu veux dire « et plus si affinités » ?

Il lui sembla que les murs se refermaient sur elle, que l'air se raréfiait. Qu'elle allait défaillir.

Il la serra dans ses bras, et elle sentit contre elle la force de son désir.

— Inutile de tourner autour du pot, Dora. Ce que je veux, c'est toi. Et tu partages ce désir. Je le sais depuis le début, depuis le cabinet *Capel Muir Fellowes* à Londres.

— C'est vrai, j'ai envie de toi, avoua-t-elle. Mais, tu l'as dit toi-même, toi et moi c'est une très mauvaise idée.

Il baissa la tête et fit courir le bout de sa langue sur ses lèvres.

— Non, je n'ai pas dit *très mauvaise*, corrigea-t-il, j'ai dit *pas bonne*. Si nous n'étions pas sur la même longueur d'onde, ce serait vrai, mais puisque nous désirons la même chose…

Il avait raison. Elle sentait qu'ils étaient attirés l'un vers l'autre. Qu'elle réagissait avec fougue à tout ce qu'il suggérait.

— Je ne me contenterai pas de demi-mesures, Dora.

Elle ne répondit pas tout de suite. Elle avait peur de reconnaître qu'elle aussi se sentait faiblir… Mais peur aussi que ce soit la dernière fois, comme avec les autres. À ceci près que les autres, c'était elle qui les éconduisait.

— Moi non plus, dit-elle. Je veux beaucoup plus.

Il ne patienta pas. Un instant plus tard, il prenait sa bouche. Ils réfléchiraient plus tard…

Il faisait encore nuit quand Charlie se réveilla. Dora dormait toujours près de lui. Allongée sur le côté, ses cheveux blonds en corolle sur son oreiller, elle souriait dans son sommeil.

Finalement, ils étaient montés dans sa chambre. Il était environ minuit. Arrivée sur le palier, elle s'était retournée et l'avait embrassé avec tant de passion qu'il lui avait semblé naturel de la prendre dans ses bras et de la déposer sur son lit.

Se rappelant leurs ébats, une excitation féroce le reprit. Il serra les dents. Il brûlait d'envie de la toucher, de la prendre là, tout de suite, mais il ne voulait pas la réveiller.

Délicatement, il souleva son bras qui l'empêchait de se lever, puis quitta le lit sans faire de bruit. Il avait besoin d'air, d'espace, besoin de réfléchir.

Il passa la chemise et le pantalon qu'il portait la veille et descendit dans la bibliothèque, théâtre de leurs étreintes torrides de la veille.

Dans une heure, son personnel serait là mais, pour

l'heure, la maison était à lui. À lui seul. Il avait besoin d'un peu de solitude, de mettre de la distance entre cette belle femme endormie dans son lit, et lui-même.

Dans son lit !

Il avait connu beaucoup de femmes, beaucoup de lits mais jamais aucune de ses conquêtes n'avait dormi ici.

Pourquoi *celle-ci* dormait-elle dans son lit ?

Il balaya des yeux les rangées de livres qui encombraient les étagères. Tout était calme et silencieux. Comment croire que quelques heures plus tôt cette bibliothèque avait été le théâtre d'ébats exaltés ? Sur le canapé. Et pas une fois, mais trois ?

Trois fois.

Oui, pourquoi était-elle dans *son* lit ?

Qu'avait donc cette Dora de si exceptionnel ?

Il regarda le siège où il l'avait trouvée en rentrant. Elle était contrariée qu'il lui ait menti à propos de ses sœurs et, par-dessus tout, bouleversée d'avoir perdu sa sœur.

Il haussa les épaules en soupirant. Comment aurait-il pu savoir qu'elles étaient si proches ? Il connaissait peu Della, sans doute parce qu'elle était discrète et qu'il n'avait pas cherché à la rencontrer. Il savait qu'elle excellait dans son travail et, jusqu'à ce qu'il apprenne sa liaison avec son père, il l'avait appréciée et respectée pour son professionnalisme. Compte tenu de ce que lui avait dit Dora hier soir, Della avait été plus qu'une sœur pour elle. Beaucoup plus.

Curieux d'en savoir plus, il se leva et alla dans son bureau pour feuilleter le rapport déposé sur sa table. Dans sa hâte à trouver des failles chez Dora, il l'avait lu en diagonale et le détail le plus important lui avait échappé : ses parents l'avaient abandonnée.

« Je ne suis la fille de personne », lui avait-elle dit.

Le cœur gros pour elle, il pensa à ses propres parents. Ils n'étaient pas parfaits, tant s'en faut, mais ils étaient présents… Ils ne s'étaient pas défaussés sur une sœur plus âgée pour l'élever.

Il se repassa des bribes de leur conversation de la veille. Della avait travaillé dur pour que sa sœur réalise son rêve. Il aurait dû comprendre qu'elle n'avait pas lâché l'université pour devenir serveuse dans un bar.

Il reprit le rapport, chercha le passage sur ses études. Elle avait étudié le chant.

Le chant ?

Il aurait pensé à tout sauf à ça.

Comme les pièces d'un puzzle, les morceaux de sa vie se mettaient peu à peu en place, révélant un portrait d'elle inattendu.

Prenant son ordinateur portable, il chercha son nom dans un réseau social. Dora Thorn. Il y avait une photo d'elle, plus jeune, un peu maigre, outrageusement maquillée, ainsi que des liens vers des blogs et des vidéos. Il cliqua sur l'une d'elles. Elle chantait.

Il resta un instant interdit. Sa vue se brouilla. La scène où elle se produisait n'était peut-être pas sur Broadway mais sa voix…

Sa voix était incomparable. Unique. Elle n'avait pas seulement du talent, elle avait les qualités d'une diva et ce quelque chose que peu de gens possèdent, un mélange de sensualité et d'aplomb.

Mais elle avait tout abandonné pour Archie. Oublié son rêve.

En aurait-il fait autant ? Aurait-il sacrifié son ambition pour un neveu ?

Il eut une moue dubitative. Pour gagner l'admiration du patriarche – en d'autres termes pour mériter l'amour de leur père – ses sœurs et lui s'étaient livrés une lutte sans merci.

Mais hier, leur relation avait changé. Il leur avait tendu la main et elles avaient répondu.

Sans vouloir réfléchir aux raisons qui lui avaient dicté sa conduite, il referma son portable. À travers les branches des arbres, au loin, il apercevait le soleil levant…

Il résuma en pensée la situation : Dora entendait être présente dans la vie d'Archie et semblait d'accord pour des allers et retours de son neveu entre Londres et Macao.

À la pensée que tous deux allaient bientôt quitter Macao, il eut un pincement au cœur. Il n'avait pas envie qu'ils s'en aillent. Et puis, pourquoi fallait-il qu'ils partent si vite ? Et pourquoi *pour de bon*, après tout ?

Il avait envie qu'Archie reste.

Et Archie avait besoin de Dora qui, pour sa part, avait besoin de se sentir quelque part chez elle.

Il avait les moyens de lui donner la sécurité à laquelle elle aspirait.

Si elle acceptait ce qu'il avait en tête, ni elle ni Archie ne s'en iraient. Ils resteraient à Macao pour de bon.

Dora se retourna dans le lit et ouvrit les yeux. Archie lui tapota sur les joues et l'embrassa maladroitement.

— Tu es tout poisseux ! dit-elle en riant.

— C'est ma faute.

Elle releva la tête. Assis au bord du lit, Charlie la regardait de ses grands yeux noirs.

— Il a mangé de la mangue. J'ai essayé de le débarbouiller, mais…

— Il déteste qu'on le lave, le coupa-t-elle.

— Ça oui, je l'ai vite compris !

Charlie chatouilla le pied d'Archie, déclenchant un éclat de rire chez son frère.

— Il t'a tout de suite adopté, fit remarquer Dora.

À cet instant, quelqu'un frappa à la porte.

— J'ai pensé que tu aimerais prendre ton petit déjeuner

au lit. J'espère que tu as faim. ! Personnellement, je meurs de faim, dit-il en se levant.

Elle le regarda aller à la porte et revenir avec un plateau. C'était incontestable : plus que beau, il était séduisant, surtout dans cette chemise tendue sur les muscles de sa poitrine. Cela semblait impossible et pourtant, elle avait encore envie de lui.

— Allez, viens ici, petit bonhomme.

Charlie se pencha et prit son demi-frère dans ses bras.

— Tu vas faire un somme. Dis au revoir à Dora.

Les deux frères sortirent sous le regard ému de Dora.

Dorénavant, elle se sentait beaucoup moins inquiète. Leur relation n'avait plus rien de menaçant. Au contraire. Charlie était détendu et communiquait son calme à Archie.

Et à elle aussi, pensa-t-elle.

Charlie approcha, le plateau du petit déjeuner dans les mains. Il débordait de bonnes choses, du riz frit, des petites brioches fourrées aux légumes, une salade de fruits et des beignets nappés de sucre glace. Tout cela semblait fort bon.

— Je ne sais pas pourquoi j'ai tellement faim, dit-elle.

Leurs regards se soudèrent. Il souriait, l'air malicieux.

— Moi, je crois que je sais.

Il retira du bout des doigts une petite plume qu'elle avait sur la joue et en profita pour l'embrasser sur la bouche.

— Tes lèvres sont sucrées, dit-il.

Les siennes avaient le goût du plaisir, mais elle garda cette impression pour elle.

— Il te plaît ton petit déjeuner ?

Et voilà ! La séquence tendresse n'avait pas duré. Le romantisme et Charlie ne faisaient pas bon ménage.

— Oui, dit-elle en opinant.

Avant, avec les autres hommes, elle dressait des barrières

entre elle et eux pour décourager toute intimité précoce ou déclarations hâtives. Avec Charlie, il n'y avait aucun risque. Mieux valait d'ailleurs qu'elle ne se fasse pas d'illusions. Ce qu'ils vivaient n'était qu'une aventure passagère qui, tout compte fait, leur convenait à tous les deux.

— Au fait, je n'ai pas fini de te raconter ma conversation avec mes sœurs. Nous avons dévié de notre sujet.

— Oui. Alors ?

— C'est l'anniversaire d'Archie, vendredi. J'ai pensé qu'on pourrait faire une fête et inviter tout le monde.

Une fête ! Son cœur marqua un temps d'arrêt. Il ne lui avait pas menti, il s'était arrangé avec ses sœurs.

— Si tu as une idée de cadeau, fais-m'en part. Je demanderai à quelqu'un de s'en occuper.

C'était stupide mais l'idée de cette fête la réjouissait. On ne l'organisait pas pour elle, évidemment, mais elle en ferait partie. Avec les Lao.

— Si je peux être utile, dis-le-moi.

Il la transperça de son regard noir.

— Il y a une chose qui serait bien. Aucun d'entre nous ne chante. Accepterais-tu de chanter « Joyeux anniversaire » pour Archie ?

Elle le regarda sans rien dire, une boule au creux de l'estomac.

Chanter ? Devant des inconnus ! Devant Charlie... Elle ne pourrait jamais.

La joie qu'elle éprouvait un instant plus tôt s'envola, cédant la place à un début de panique.

— Qu'en dis-tu, Dora ?

Charlie la fixait. Elle devait avoir l'air idiot. Et en vérité, elle *était* idiote. Il n'était question que de chanter « Joyeux anniversaire », après tout ! Ce n'était pas la mer à boire. Elle en était capable. Elle était déjà montée sur scène. Ici, ce serait moins intimidant et puis, c'était pour Archie.

Elle essaya de sourire.

— Pourquoi pas ? Mais il faudra que tu me transcrives les paroles en phonétique si tu veux que je chante en chinois.

Content qu'elle ait accepté, il sourit.

— Merci. D'habitude, on engage un chanteur professionnel pour les soirées mais puisqu'on t'a…

Intriguée, elle l'interrogea.

— Que veux-tu dire ?

— J'ai visionné plusieurs vidéos de toi. Je t'ai trouvée très douée.

Elle resta sans voix. Elle ne voulait pas chanter devant lui. Elle ne voulait pas non plus raconter ce qui lui était arrivé, pourquoi elle avait tout arrêté, car elle sentait qu'elle allait pleurer. Et pleurer devant lui, ça, non !

— Cela fait un siècle que je n'ai pas chanté.

— Je sais. Tu as fait passer Archie avant toi.

Sans s'en rendre compte, elle hocha la tête.

— Qu'y a-t-il ?

Elle se ressaisit et sourit.

— Rien. C'est seulement que je n'aime pas avoir la vedette. Et puis je n'ai aucune raison d'assister à cette fête, je ne fais pas partie de la famille.

Il scruta son visage.

— Tu pourrais en faire partie.

Entre panique et interrogation, elle plongea ses yeux dans les siens.

— Tu sais, Dora, je me suis dit que… nous pourrions nous marier, dit-il de but en blanc. Une fois ma femme, tu ferais partie de la famille. Ta place serait là, avec les autres. Une fois pour toutes.

Elle crut que le ciel lui tombait sur la tête.

Se marier !

— Écoute, Dora. Tu es là, tout se passe bien. Toi et

moi… nous sommes attirés l'un par l'autre. Tu ne diras pas le contraire.

— Disons que nous aimons faire l'amour ensemble. Ce n'est pas une raison pour se marier.

— C'est fantastique de faire l'amour avec toi. Je n'ai jamais connu ce plaisir avec aucune femme. Ni autant d'émotion. J'ai constamment envie de toi. C'est incroyable. Je pensais que cela allait se calmer, que je finirais par être… rassasié mais pas du tout, plus les jours passent, plus ce que je ressens est fort. Je ne me lasse pas… Et toi non plus, je le vois bien.

Elle crut que son cœur s'arrêtait. Une bouffée de chaleur la fit rougir jusqu'aux oreilles. C'était vrai. Elle le désirait chaque jour davantage et ce désir était envahissant, obsédant. Son attirance pour cet homme l'empêchait de vivre normalement ; elle pensait à lui à longueur de jours, à longueur de nuits.

— Et c'est pour cela que tu veux m'épouser ? Pour le sexe ?

— Pas seulement.

Son cœur se mit à cogner très fort. Que voulait-il dire au juste ? Parlait-il d'amour ?

— Ce qui compte c'est Archie, et ta présence est positive pour lui. C'est pourquoi le mariage… est une solution.

Déçue, elle cligna des yeux. L'espoir qu'elle avait entrevu s'évanouit d'un coup.

— Ça ne marcherait pas.

— Mais si. Ça marche déjà, dit-il doucement. De plus, c'est ce que Della et mon père souhaitaient.

— Quoi ? Qu'on se marie ?

Elle hocha la tête.

— Je ne pense pas.

— Ils voulaient qu'Archie se sente chez lui à Londres

comme ici à Macao. Si nous nous marions, c'est ce qui se passera. Ce sera bien pour lui… et pour eux.

Elle le regarda sans rien dire. Le mariage n'entrait pas dans ses projets. Della, c'était certain, en rêvait mais pas elle.

Il lui prit la main et la serra.

— Ça marchera, Dora. Je m'occuperai de vous, Archie et toi. Vous aurez tout ce que vous voudrez, ici.

Non, pas tout. Mais qu'aurait-elle de plus en Angleterre ? Qu'est-ce qui l'attendait là-bas ? Pas de famille, en tout cas, personne qui compte dans sa vie ; une maison pleine de souvenirs et un travail qu'elle n'aimait pas.

Charlie lui offrait un avenir plus souriant. La sécurité financière, un mode de vie que beaucoup de femmes lui envieraient et un paradis de sensualité. Elle adorait faire l'amour avec lui et n'aurait pas à se soucier de ses fins de mois. Un mariage pouvait-il fonctionner sur ces bases ?

Mais l'amour dans tout ça ?

Les battements de son cœur redoublèrent.

Non, il n'y avait pas d'amour dans tout ça.

Mais fallait-il absolument être amoureux pour se marier ? N'était-ce pas une idée surfaite ? Après tout, l'amour n'avait permis ni à ses parents ni à ceux de Charlie de rester ensemble.

Son cœur se serra.

C'était une décision importante à prendre. Elle allait y réfléchir. La nuit portait conseil, disait-on.

Mais elle savait qu'aussi longtemps qu'elle n'aurait pas pris de décision, elle ne dormirait pas. À la pensée de passer une nuit blanche, puis une autre encore, elle se sentit faiblir.

— Je ne suis pas contre, murmura-t-elle.

Incrédule, il la regarda.

— On peut peut-être en reparler, dit-il. Nous assurer que nous sommes bien sur la même longueur d'onde.

Non, elle n'en rediscuterait pas. Au lieu d'argumenter, elle laissa le drap glisser de sa poitrine, certaine de sa réaction, une réaction qu'elle brûlait de voir.

Aussitôt, il tendit la main pour l'attirer à lui. Elle sentit qu'elle fondait. Sa chaleur, son odeur, son souffle… Tout chez lui exacerbait son désir. Tout lui donnait envie de s'offrir.

Traversée par un éclair de lucidité, elle se figea. Avait-elle vraiment pris sa décision pour le bonheur d'Archie ou pour elle-même ?

7.

Il faisait une journée superbe. Un temps idéal pour fêter le premier anniversaire du petit garçon.

La main en visière, Dora regarda le ciel. Pas un nuage à l'horizon, que du bleu et, sous le bourdonnement des abeilles, juste le souffle de la houle.

Si seulement elle avait pu être en harmonie avec cette nature ! pensa-t-elle. La légende disait que Bouddha avait trouvé la sagesse, assis sous les branches d'un figuier. Il y en avait un énorme au milieu du jardin, elle pouvait peut-être essayer ?

Elle soupira. Pourquoi était-elle angoissée ? Il y a moins d'une semaine, Charlie était un ennemi, il était devenu son amant. Ils avaient fait l'amour – divinement – et, maintenant, elle avait accepté de l'épouser. C'était sa faute. Personne ne l'y avait obligée.

Quand elle avait dit oui, elle pensait que c'était la bonne décision. Pour Archie. Le problème, c'est qu'elle ne se sentait pas prête à sauter le pas.

Elle ne savait pas vraiment ce qu'était la vie d'un couple marié. Ce qu'elle en savait, c'est ce que David lui avait dit de sa brève et désolante liaison avec sa mère.

Elle se redressa et, comme chaque fois qu'elle pensait à ses parents, se crispa. Était-ce leur relation dégradée qui l'avait conduite à envisager un mariage de convenance ?

Peu importe, ce n'était pas le jour de penser à eux, ni à l'envie qu'ils lui avaient toujours donnée d'être une autre.

Les battements de son cœur s'accélérèrent à la vue de Charlie.

— Tout va bien ?

Il s'arrêta près d'elle, il était ébouriffé. Les cheveux en bataille lui allaient bien.

— Tout va bien. Je pensais à la fête, mentit-elle. Je me demandais ce que j'allais porter.

Ce n'était qu'un demi-mensonge. Hier soir, alors que Charlie couchait Archie, elle avait essayé les vêtements qu'elle avait apportés à Macao et les avait tous trouvés affreux. Le kaftan bleu entièrement rebrodé, auquel elle trouvait un côté bohémien chic à Londres, lui paraissait bien terne ici. Dans sa robe chemisier blanche, elle ressemblait à une infirmière. Quant à l'ensemble rayé qu'elle comptait porter, elle l'avait choisi parce qu'il lui rappelait l'année passée et Della, pleine de vie et d'enthousiasme, tirant des plans sur la comète pour elle et son bébé…

Mais Della ne serait plus jamais là pour les anniversaires, ni pour Noël, ni pour aucune fête… Il fallait qu'elle se résigne. Il n'y aurait plus jamais de Della…

Elle allait faire un effort pour que l'anniversaire d'Archie soit joyeux, malgré tout. C'est ce que Della aurait voulu, avec des cadeaux, des gâteaux, des bougies – une seule cette année. Et elle allait chanter « joyeux anniversaire, Archie ».

Pourquoi avait-elle accepté de chanter ? Devant cette famille qu'elle connaissait à peine ?

Elle essaya de se raisonner. Pourquoi se mettait-elle dans un état pareil ? C'était pire de monter sur scène et de se produire devant une armée de fans hystériques.

Peut-être, mais il n'y avait pas de Charlie dans son public.

— Montons, dit-il. Tu vas me montrer.

Il avait un regard fiévreux qui ne laissait planer aucun doute sur ce qu'il avait en tête.

— Cela t'aidera peut-être à choisir.

Il prit sa main, remonta le long de son bras, effleura son sein. Elle frissonna.

Jusqu'à ce qu'elle rencontre Charlie, elle n'avait jamais connu ces frissons, toutes ces réactions étranges qui l'agitaient dès qu'il l'approchait.

— Tu es sûr que c'est pour m'aider à choisir que tu veux monter ?

Il la prit par la taille et la tourna vers lui.

— Si cela ne tenait qu'à moi, je te dirais de venir nue.

Elle éclata de rire.

— Tes sœurs vont déjà être étonnées d'apprendre qu'on se marie. Alors, venir nue…

C'était décidé, ils allaient profiter de cette soirée pour annoncer leur mariage à la famille. Ils s'étaient mis d'accord sur un scénario qui était vrai à quelques détails près. Ils s'étaient vus pour parler d'Archie et étaient tombés fous amoureux. Un vrai coup de foudre.

Charlie, qui ne semblait pas inquiet de leur réaction, le lui dit.

— Je te trouve bien optimiste, rétorqua-t-elle. En plus, je ne permets pas à n'importe qui de me voir nue.

— Seulement à moi, déclara-t-il.

Dora plaqua la main sur sa poitrine. Son cœur battait comme un fou. Charlie prenait leur mariage très au sérieux. Pourtant, il ne l'aimait pas, elle en était sûre. Il ne fallait pas qu'elle oublie pour quelle raison il lui avait proposé de l'épouser.

— Je ne comprends pas que tu n'arrives pas à choisir ce que tu vas porter, dit-il en suivant Dora vers son dressing.

L'air étonné, elle le regarda.

— Je ne comprends pas que tu me poses cette question.

Tu as des sœurs. Tu devrais savoir que les femmes n'ont jamais rien à se mettre. C'est soit trop vieux, trop serré, trop ringard…

— Tu peux peut-être sortir de ta zone de confort. Mettre quelque chose de différent. D'original.

— Quoi ? Des robes froissées dans lesquelles je serai fagotée ?

Sa remarque le fit sourire. Il était adorable quand il souriait, et une petite fossette se creusait au coin de sa bouche. Si elle s'était écoutée, elle se serait jetée à son cou. Mais il avait repris son air sévère.

— On ne va pas y passer des heures ! lança-t-elle. Ce n'est pas important à ce point.

— Mais si, c'est important.

Elle ne comprenait plus. Il lui imposait le régime de la douche écossaise et elle détestait cela.

— Écoute, Dora. Ce dont nous avons discuté hier… Je n'ai pas bien pesé ce que cela signifiait pour toi. J'aurais dû réfléchir.

Elle crut sentir le sol se dérober sous ses pieds. Avec lui, les choses étaient allées vite. Trop vite, sans doute et maintenant il voulait annuler. Quel désastre !

— C'est très aimable à toi, réussit-elle à articuler. Ta remarque concerne la soirée ou le mariage ? Ou les deux ?

Il fronça les sourcils.

— Le mariage ? Je ne parle pas de mariage !

Ah ! Un peu soulagée, elle soupira intérieurement.

— Tu veux dire que tu n'as pas changé d'avis ?

Il hocha la tête de droite à gauche.

— Non, mais je ne t'ai pas assez parlé de ma famille. Les Lao sont très en vue à Macao. Nous avons un rang à tenir. Cela implique que…

Il hésita puis lui tendit la main.

— Allez, viens. Je vais te montrer, ce sera plus facile.

— Je ne comprends pas.

Il ouvrit les portes du dressing devant Dora qui découvrit, interdite, une collection de vêtements sur un portant.

— Ça alors ! s'exclama-t-elle. Mais d'où viennent-ils ?

Il approcha.

— Mes sœurs ont des coachs… des stylistes, si tu préfères, qui les habillent. Je leur ai parlé hier et leur ai exposé la situation.

— Ah, je vois ! Mais, explique-moi ce que tu entends par « la situation ».

— Tu es venue ici pour faire la connaissance de la famille d'Archie. Tu avais fait ta valise en conséquence. Tu ne te doutais pas que j'allais te proposer de t'épouser. Les choses ont donc changé. Tu vas devenir ma femme et je veux que tu te sentes à l'aise. Tu vois ce que je veux dire…

— Je suis très à l'aise en jean, répliqua-t-elle.

Elle se retourna vers le portant.

— Regarde ça ! Une robe Chanel, un ensemble Dior…

Elle décrocha une veste et un chemisier en soie.

— Prada ! Saint Laurent ! Tu te rends compte ? Il y en a pour une fortune !

— Je sais, dit-il. Mais quand on est une Lao…

Il plongea la main dans sa poche et en sortit un écrin qu'il ouvrit.

— Et je voudrais t'offrir ceci, aussi…

C'était trop. Les yeux écarquillés, elle le regarda.

— Écoute, Dora. C'est comme cela que je vis. Ce n'est pas négociable. À toi de me dire si tu veux partager ce mode de vie ou non.

Le silence s'éternisant, il commença à redouter qu'elle refuse. La panique le gagnant peu à peu, il se gratta la gorge. C'était absurde. Sa crainte n'avait aucun sens. Quelle importance si elle disait non ? Ils ne se mariaient pas par amour…

Il essayait de se raisonner quand il la vit hocher la tête.

Rasséréné, il prit sa main gauche et glissa le diamant à son annulaire. Il avait envie de lui dire que le rang qu'elle allait tenir en tant que Lao n'était pas tout, que l'achat de ces luxueuses tenues n'avait qu'un sens, la rendre heureuse et, lui montrer, pour la première fois de sa vie peut-être, qu'elle comptait vraiment pour un homme. Si elle n'avait jamais été considérée par ses parents, il voulait qu'elle sache qu'elle était importante pour lui.

Ses grands yeux gris cherchèrent les siens.

— Je n'ai pas besoin de tout ça ! gronda-t-elle.

— Pas grave. Choisis ce qui te plaît.

Elle se mordillait les lèvres.

— Excuse-moi. Je suis indélicate. Je devrais te remercier au lieu de protester. Un grand merci, Charlie.

Il eut un pincement au cœur. Il comprenait son mouvement de recul. Lui-même n'avait jamais considéré qu'être le fils de Lao Dan lui octroyait des droits. Dora avait sans doute appris, elle aussi, à ne jamais rien considérer comme un dû.

— Tu n'as pas à t'excuser. Tu fais partie de ma famille maintenant et, comme je te l'ai dit, je gâte les miens.

Ses yeux gris s'illuminèrent. Elle caressa une robe en soie gris perle aux reflets chatoyants.

— Tu connaissais ma taille ?

Il la connaissait par cœur, jusque dans les plis les plus intimes de son corps.

— Je te connais… sur le bout des doigts, dit-il, le regard voilé par le désir.

Le souvenir du satin de sa peau, de son ardeur insatiable, de ses gémissements le taraudait sans cesse.

Brusquement, elle lâcha l'étoffe qu'elle lissait et, hissée sur la pointe des pieds, l'embrassa. Surpris par la soudaineté de son élan, il faillit la repousser. Mais, sentant son corps contre le sien et son impatience, il fit ce qu'ils désiraient tous les deux.

Fermant les yeux, il la serra très fort contre lui et approfondit leur baiser.

Pop !

Charlie entendit le claquement d'un bouchon de champagne qui sautait. Sa famille était arrivée. La fête commençait. Comme toujours, sa sœur Lei était la première. Elle était belle, mais pas assez intelligente aux yeux de son père pour reprendre les affaires. Pour compenser, il avait créé pour elle une petite structure spécialisée dans la production de films. Elle réussissait moyennement mais cela ne l'inquiétait guère. Ce qu'elle aimait avant tout, c'étaient les réunions familiales.

Josie, la deuxième sœur, était brillante. Elle avait accumulé assez de diplômes pour tapisser tous les murs de ses nombreuses résidences. Mais il y avait une fêlure dans sa vie. Elle avait épousé un homme que son père Lao Dan méprisait.

Sabrina, la dernière, était la princesse de la famille, la fille à qui ses parents passaient tout. Travailler ? C'était bon pour les autres ! Elle, elle entendait profiter – gratuitement – des avantages que lui procurait son nom. Lao. Un nom pas toujours facile à porter.

Ces trois personnages n'avaient rien en commun – excepté leur nom et l'ADN de leur père – mais personne ne pouvait s'en rendre compte car, en public, elles affichaient un front uni, l'image de filles soudées, fortes et – il regarda du côté des gardes du corps qui surveillaient ce beau monde derrière leurs lunettes fumées – armées pour la vie.

Rien n'importait plus que de présenter cette image d'unité aux yeux du monde.

Charlie se pencha pour embrasser ses sœurs puis salua leurs compagnons.

— Alors, où est-il ? demanda Sabrina. Où est ce chérubin ? Oh ! le petit amour…

Suivant le regard de sa sœur, Charlie se retourna. Archie dans les bras, Dora se tenait derrière lui. Elle avait ramassé ses cheveux blonds dans un chignon un peu lâche et portait une tenue que les stylistes avaient choisie pour elle, une robe blanche à manches courtes et col montant bordé de perles. Elle était superbe et n'avait rien à envier à ses sœurs. Elle ne détonnerait pas dans les réunions de famille.

— Ah, te voilà !

Il avait beau la trouver très belle, il préférait la Dora pieds nus, dans son pyjama à rayures, avec sa mine boudeuse et ses reparties à l'emporte-pièce. C'était cette Dora-là, naturelle, simple, authentique qui lui plaisait le plus.

Elle s'approcha.

— Tu es magnifique, dit-il en souriant à Archie qui lui tendait les bras.

— Merci. Je suis désolée, j'ai été un peu longue, il ne voulait pas se réveiller.

— Pas de problème. Tu es là, maintenant.

Il se tourna vers ses sœurs.

— Bien. Je vais procéder aux présentations.

Tout se passa comme il l'avait prévu. C'est-à-dire bien. Comment pouvait-il en être autrement ? Ses sœurs et lui, piliers des soirées huppées, étaient à l'aise avec les mondanités. Ils connaissaient parfaitement les codes, les bons gestes, les phrases à dire et quand les dire. Et Archie était un amour.

Nettement moins à son aise, Dora se tenait en retrait.

— Ça va ? lui demanda Charlie, frappé par son air sombre.

— Très bien. Archie a beaucoup de chance d'avoir une famille aussi formidable.

Il remarqua qu'elle se forçait à sourire mais que le cœur n'y était pas. Comment pouvait-il être heureux la voyant si triste ?

La complicité entre ses sœurs et lui ne lui avait jamais posé de problème. Depuis toujours, c'était la condition *sine qua non* pour rester dans les bonnes grâces de son père.

Mais, aujourd'hui, leur simulacre d'entente lui apparaissait comme une imposture. Une hypocrisie qu'il allait devoir imposer à Dora et Archie.

Non, ce n'était pas possible. Il ne voulait pas de faux-semblants pour eux. Il n'en voulait plus pour lui non plus. Ils étaient si bien quand ils se reposaient tous les trois seuls au bord de la piscine. Si détendus. Si vrais…

Brusquement, il prit Dora par la main et l'attira à lui.

— Bien, puisque nous sommes tous réunis, le moment est venu de vous annoncer une grande nouvelle.

Dora lui serra les doigts. Ils s'étaient mis d'accord pour ne lancer leur bombe que lorsque le gâteau d'anniversaire arriverait. Impatient, et incapable d'attendre plus longtemps, il leva la main de Dora. Dans la lumière du soleil qui inondait le salon, le diamant scintilla de mille feux.

— J'ai demandé à Dora de m'épouser, déclara-t-il. Et elle a dit oui !

Un silence de mort plana pendant quelques secondes. Le cœur serré, Dora retenait ses larmes quand un tonnerre d'applaudissements éclata.

Osant à peine croire ce qu'elle entendait, elle applaudit à son tour et les embrassa les uns après les autres. Étourdie par la chaleur de leur accueil, elle refusa la coupe de champagne que Charlie lui tendait.

— J'ai déjà la tête qui tourne… de bonheur, expliqua-t-elle en riant. Je n'ai pas besoin de m'étourdir davantage.

Seule Della avait compris à quel point sa sœur avait besoin d'une famille. D'être adoptée, pas tolérée – et encore, de mauvaise grâce, comme l'avait fait David ! – mais acceptée, et intégrée inconditionnellement. Et voilà, aujourd'hui tous ces gens beaux et importants levaient leurs verres et s'adressaient à elle comme si elle était des leurs depuis toujours.

— Si l'on passait au gâteau ? déclara Charlie. Quand tu es prête, Dora, chante et nous t'accompagnerons…

Le bonheur qui illuminait son visage se dissipa sur-le-champ. Elle essaya de se raisonner. *Ce n'est rien. Tu les connais maintenant, ils sont sympathiques, tu n'es pas dans une grande salle de concert avec des inconnus qui ont payé pour t'écouter.*

Pour se donner du courage, elle regarda Archie. Elle adorait cet enfant. Tout excité, il battait des mains en suivant des yeux Jian qui allumait la bougie.

Elle avait le cœur qui battait très fort. Dans la lumière du soleil, la flamme de la bougie brillait énormément. Trop. Elle voulut ouvrir la bouche mais réussit à peine à l'entrouvrir, comme si ses lèvres étaient scellées. Autour d'elle, c'était le silence. Tous s'étaient tus. Elle chercha la frimousse d'Archie dans l'espoir d'y puiser l'élan nécessaire pour se lancer. Mais il ne regardait que la bougie, fasciné.

Les invités, en revanche, n'avaient d'yeux que pour elle. Leur curiosité était presque palpable et leur jugement serait sans pitié. Paniquée, elle n'avait plus de souffle quand soudain, derrière elle, une voix s'éleva. C'était Charlie qui entonnait « joyeux anniversaire » en chinois. Sa voix grave et pleine d'assurance ravissait Archie qui applaudissait des deux mains.

Elle essaya de sourire pour se donner une contenance

mais ne réussit pas. Elle avait mal, mal de se forcer à sourire, mal à cause de ce nouvel échec…

L'assemblée lui apparut soudain comme un cauchemar vivant. Elle aurait voulu fuir, se rouler en boule quelque part et disparaître mais il y en avait encore pour une bonne heure avant que les invités, après s'être répandus en remerciements, ne fassent leurs adieux.

Par chance, Archie commençait à donner des signes de fatigue. Saisissant ce prétexte, elle s'éclipsa avec lui.

Comme il était trop fatigué pour une douche, elle lui passa son pyjama et, au lieu de le coucher dans son lit d'enfant, le prit avec elle et s'allongea à côté de lui.

Après les efforts qu'elle avait fournis pour sortir un son, sa poitrine était en feu. C'était sûrement la panique d'être la vedette, le trac, impalpable mais si réel, qui s'empare de vous face au public. Pourtant, il n'y avait que dix personnes à la soirée, Archie compris.

Elle laissa échapper un profond soupir.

Elle avait eu tort de faire des reproches à ses parents. C'était *elle*, le problème, la cause même de ses propres échecs. Ses parents l'avaient bien vu.

Elle sentit son cœur se serrer. Della aussi l'avait compris. Pour cette raison, elle ne lui confiait pas Archie dans son testament.

Elle ferma les yeux et ravala ses larmes.

Della l'avait jugée incapable de s'occuper d'Archie et elle avait raison.

Cet après-midi, par exemple. On lui demandait seulement de chanter pour l'anniversaire de son neveu et, même ça, elle n'avait pas pu le faire. Si cette broutille était au-dessus de ses forces, comment aurait-elle élevé un enfant ?

L'envie de sangloter la reprit. Sa vie était un échec. Plongée dans un profond désespoir, elle entendit la porte s'ouvrir et sut, sans avoir à regarder, que c'était Charlie.

Honteuse – elle n'oserait plus jamais le regarder – elle ferma les yeux. Qu'il s'en aille ! Qu'il parte !

Elle sentit qu'il la frôlait et lui prenait Archie. Il ne comprenait donc pas qu'elle avait besoin de la chaleur, de la tendresse de ce petit bonhomme, tout contre elle ? C'était égoïste mais elle s'en fichait, elle était trop malheureuse.

Entendant la porte se refermer, elle poussa un *Ouf !* de soulagement. Au même moment, le lit se creusait à côté d'elle. Il n'était pas parti. Des doigts effleurèrent sa joue. Les doigts de Charlie, tendres, plus tendres qu'ils n'avaient jamais été.

Elle posa la main sur la sienne et la glissa sur ses lèvres.

— Dora, murmura-t-il. Tout va bien. Pourquoi te mettre dans un état pareil ?

Elle hocha la tête. Elle ne supportait pas cette pitié dans sa voix... Ni ça, ni rien !

— Va-t'en, Charlie. S'il te plaît, laisse-moi !

— Non, je refuse de te laisser dans cet état.

Son chagrin l'étranglait. Ses sanglots redoublèrent.

— Mais si, tu partiras. Tu sais bien que tu feras comme les autres.

— Non, sûrement pas. Sûrement pas maintenant. Jamais !

Joignant le geste à la parole, il la prit dans ses bras et la serra contre lui. Elle en avait besoin. Elle avait besoin de ce corps rassurant contre le sien, de ses attentions, de sa douceur. Elle avait besoin de se sentir, de se savoir aimée. Elle se sentait si seule !

Se dégageant de ses bras, elle hocha la tête.

— Tu avais raison. Il sera plus heureux avec toi, déclara-t-elle.

Elle s'obligea à le regarder dans les yeux et, tentant d'ignorer la douleur qui lui étreignait la poitrine, déclara :

— Je veux que tu élèves Archie. Je veux que ce soit toi qui en aies la garde.

Interloqué, Charlie la fixa. C'était ce qu'il souhaitait depuis le début, depuis l'annonce du décès de Della. Mais aujourd'hui, la détresse de Dora le déstabilisait. Il avait gagné mais c'était une victoire à la Pyrrhus qu'il venait de remporter. Pas de quoi s'enorgueillir.

— Il n'en est pas question. Archie a besoin de toi.

— Non, pas de moi, de sa mère. Mais Della n'avait pas assez confiance en moi pour me coucher sur son testament. Je pense qu'elle attendait de voir si je m'améliorerais. Mais non, je n'ai jamais fait de progrès. Je n'ai même pas pu chanter « joyeux anniversaire ». Tu te rends compte ?

Sa voix se brisa. Son pauvre petit visage était défait. Quand il avait vu qu'elle ne commençait pas à chanter, il avait pensé qu'elle attendait son signal et l'avait regardée. Elle était paralysée par le trac.

— Cela t'était-il déjà arrivé ?

— Oui, un mois environ après la mort de Della. Pourquoi ?

— Pour savoir.

— Je voulais chanter pour elle. Son air préféré. Je n'ai pas pu émettre un seul son.

Elle se mit à pleurer. Par pudeur, elle tourna la tête mais il la prit dans ses bras, bien décidé, cette fois, à ne pas la laisser s'échapper.

— Ce n'est pas étonnant, dit-il. Tu étais en état de choc. En plein deuil. Celui qui t'a demandé de monter sur scène à ce moment-là est un inconscient.

Il sentit sa main lisser sa chemise et pensa qu'elle ne se rendait pas compte de son geste.

— Je ne comprends pas… Ça n'a pas de sens… Pourquoi est-elle partie comme ça ?

Serrée contre lui, elle pleurait, le laissant lui caresser les cheveux, lui dire des mots réconfortants.

Peu à peu, elle se détendit.

— Tu as une voix superbe, Dora.

— Bof ! Quelle importance ! Je m'en veux. Si tu savais… Je lui ai rendu la vie si difficile.

— Non…

— Si, c'est vrai. Je te jure. Elle était très contrariée quand j'ai arrêté mes études. Mais je n'ai pas pu résister, on me proposait d'enregistrer un disque. Je voulais lui en faire la surprise… mais je n'ai pas eu le temps.

Ses larmes semblaient intarissables et les mots tendres qu'il lui murmurait à l'oreille ne la consolaient pas.

— J'aurais dû te raconter ça quand tu m'as demandé d'entonner « joyeux anniversaire ». Tu n'aurais pas été ridicule devant ta famille.

— *Chuuut*… Personne n'a rien remarqué. Ils étaient tous trop occupés à admirer le bébé !

Sa remarque la fit rire.

— C'est bien, tu souris.

À ses traits qui se tendaient de nouveau, il comprit que quelque chose de grave la tourmentait mais qu'elle hésitait à se confier.

Après s'être mordillé les lèvres, elle se décida.

— Tu sais, à propos d'Archie. Je ne pensais pas ce que je t'ai dit.

— Je le sais.

Il prit son visage dans ses mains et le tourna vers lui.

— Je sais que tu l'aimes infiniment… Et lui aussi t'aime. C'est ce que j'appellerais une *quinte flush royale* !

Elle scruta son visage de ses ravissants yeux gris.

— Non, c'est une *quinte flush*, tout court. T'avoir

comme frère et faire partie de ta famille, ça, c'est une *quinte flush royale* !

Ses sœurs l'avaient bien accueillie, apparemment, et Dora avait été sensible à leurs marques de sympathie. Ce n'était pas le moment de la décevoir en lui assénant la vérité. Mais comment continuer de la regarder dans les yeux en lui mentant ?

Mal à l'aise, il préféra baisser la tête et l'embrassa, se perdant dans la douceur de sa bouche et le contact soyeux de ses cheveux. Son envie d'elle n'était pas un mensonge. Son désir était bien réel. Il ne simulait pas.

Avec elle, il oubliait qu'il était un Lao, oubliait les obligations et les exigences que lui imposait son nom. Il redevenait un homme comme un autre, qui aimait faire l'amour avec une femme. Mais pas avec n'importe quelle femme, dorénavant. Avec Dora.

Il mit fin à leur baiser et s'écarta d'elle. Doucement, cherchant sur son visage un signe lui demandant de s'arrêter, il défit sa robe, la fit glisser sur ses hanches et resta devant elle, ébahi.

Elle ne portait pas de soutien-gorge.

Prenant ses seins à pleines mains, il les sentit trembler. Les mamelons s'étaient dressés et pointaient fièrement vers lui. La regardant dans les yeux, il les caressa du bout des doigts. Elle respirait fort et ne cherchait pas à cacher son envie de lui appartenir.

— Tu n'imagines pas à quel point j'ai envie de toi en ce moment, dit-il doucement.

— Moi aussi, murmura-t-elle, prenant sa main et la glissant entre ses cuisses.

Ils firent l'amour, prenant leur temps de savourer leurs caresses mutuelles, les mots doux ou crus, ne s'interdisant rien.

Il commença par lui enlever son string. Nue, offerte sans frein ni fausse pudeur, elle ne demandait qu'à s'offrir à lui.

— Tu es belle, Dora.

Il effleura ses lèvres qu'elle entrouvrit aussitôt. Puis il déposa une pluie de baisers sur sa poitrine, son ventre…

Quand il parvint au cœur de son intimité, il y glissa la langue et lui prodigua la plus intime des caresses, tandis qu'elle se cambrait sous lui.

Elle empoigna ses cheveux en gémissant et s'offrit sans retenue, ouverte à ses plaisirs, à ses fantasmes, à toutes ses fantaisies. Il n'avait jamais connu de femme aussi généreuse, aussi passionnée et capable de déchaîner chez lui autant d'ardeur. Il en tremblait…

Il se flattait d'avoir toujours satisfait ses partenaires mais, avec Dora, c'était différent. Qu'elle soit heureuse n'était pas suffisant, son plaisir n'avait de sens que s'il était partagé

— S'il te plaît ! Viens… J'ai tellement envie de toi !

Impatiente, elle ondulait contre lui, le pressant de la libérer de la torture de l'attente.

Mais il ne voulait pas aller trop vite.

Il résista un moment et, soudain, décida d'accéder à sa supplique.

Penché sur elle, il titilla ses seins, puis une épaule, et l'autre, embrassa son cou, sa gorge, sa bouche, tout en entrant en elle…

Elle enroula les jambes autour de ses hanches, et il se mit à aller et venir, doucement, résistant à l'élan qui le poussait à la posséder au plus vite… Il ne voulait pas que cette folie s'arrête…

— Oh oui !

Elle gémissait de plus en plus, se tordait sous son corps, le souffle court. Il la sentit se cambrer et, dans son excitation, elle griffa ses épaules. Il la sentit se resserrer autour de lui avec une telle force que sa volonté céda à la fureur du plaisir qu'elle le suppliait de lui donner.

Poussant un cri de fauve blessé, il donna alors l'ultime coup de reins, les libérant tous les deux.

8.

Les muscles bandés, les bras levés, Charlie, épuisé, fatigué de prendre des coups par son coach, tantôt à droite tantôt à gauche, demanda grâce…

Avec un grand soupir, il enleva ses gants et retira son protège-dents.

La boxe faisait partie de ses exercices quotidiens. Charlie espérait que la douleur que provoquaient les coups de Mario le libérerait d'une douleur plus sourde, plus insidieuse, mais tout aussi violente : celle que lui infligeait Dora.

En nage, il passa sous la douche et ferma les yeux. L'eau froide lui faisait du bien, et il sentit des milliers d'aiguilles lui piquer la peau.

Il pencha la tête en arrière.

Ce matin il s'était réveillé, un bras autour des hanches de Dora. Elle était toute chaude contre lui, une main sous sa joue, l'autre à plat sur le drap. Quand elle dormait, elle semblait encore plus jeune… Trop jeune pour se contenter d'un mariage de convenance. Elle méritait mieux. Elle méritait des attentions tendres et aimantes, un homme qui l'aimait vraiment.

D'accord, il pouvait lui garantir une vie confortable. Lui assurer la sécurité, lui donner de l'argent, lui acheter de jolies robes. C'était facile. Mais il n'avait pas signé pour endurer le poids de ses secrets et de son chagrin.

Il n'arrivait pourtant pas à oublier ce qu'elle lui avait

dit. Ou, plutôt, la façon dont elle l'avait dit, comme si elle évacuait un trop-plein de souffrance. Il avait eu envie de lui dire qu'il comprenait trop bien son chagrin mais plus elle se racontait, moins il avait eu envie de parler de lui. Il ne voulait pas ajouter sa peine à la sienne. À quoi bon faire peser sur ses épaules un poids supplémentaire ?

Il ferma l'eau, secoua vivement la tête pour chasser les gouttelettes accrochées à son visage et à ses cheveux et sortit de la douche. Une serviette moelleuse pour se sécher et *hop !* il était presque prêt.

Le désespoir de Dora après la fête l'avait ému. Il en était en partie responsable. Comment avait-il pu se tromper pareillement sur cette femme qui dormait encore dans son lit ? Elle n'avait pas abandonné ses études sur un coup de tête, n'était pas une fêtarde comptant sur son travail de serveuse au casino pour séduire un vieillard très riche, un protecteur, disait-on. C'était une jeune femme à qui on avait servi un 2-7, la pire des mains au poker.

Délaissée par sa mère, ignorée par son père, elle venait de perdre l'unique personne qui l'aimait au point de se sacrifier pour elle : sa sœur chérie…

Puis, alors qu'elle ne se consolait pas du départ de Della, il avait surgi et décidé de lui prendre Archie.

Comment avait-il pu faire une chose pareille ? Considérer comme normal de se comporter en brute ?

Quel homme était-il pour se conduire de la sorte ? Quelle raison avait pu le pousser à devenir cet homme-là ?

Il le savait. C'était le seul moyen de rester dans l'orbite de son père et d'avoir une chance d'être aimé. Hors de cette sphère, son univers n'était qu'un trou noir. Sa mère en avait été victime et, lui, il en avait été témoin. Elle ne comptait pas aux yeux de Lao Dan, alors le trou noir l'avait engloutie dans son insondable profondeur.

Ce vide lui avait fait peur. Il s'était donc résolu à faire tout ce qu'il fallait pour gagner l'approbation de son père.

Tout. *Absolument tout.*

Cela ne lui avait pas coûté. *Pas du tout.*

Mais, aujourd'hui, il lui importait de faire *bien*. Pour Archie, il fallait que Dora sache que Della ne l'avait pas seulement aimée, mais qu'elle la savait capable de belles choses.

Il fallait qu'elle le sache. Et il allait le lui dire. Il voulait même faire plus. Lui donner la confiance en elle dont elle manquait tellement pour qu'elle retrouve, un jour, le goût de chanter et de se produire sur scène comme dans les vidéos qu'il avait visionnées.

— Attrape !

Dora lança à Archie une balle en mousse qu'il s'empressa d'enfoncer dans la gueule d'une des peluches reçues en cadeau d'anniversaire. Amusée par son geste, Dora éclata de rire.

— Oh ! oh ! je peux entrer ? J'ai quelque chose pour toi.

Le cœur de Dora fit un bond. Charlie s'encadrait dans l'embrasure de la porte, une enveloppe à la main. Il avait lissé ses cheveux encore mouillés en arrière et présentait un visage frais et reposé.

Elle ne l'avait pas revu depuis cette nuit. Ils l'avaient passée à faire l'amour et elle n'avait cessé de pleurer. Une nouvelle fois.

Ses larmes avaient dû l'ennuyer. Sinon, pourquoi restait-il à la porte, droit comme un I et si peu souriant ? Pourquoi demandait-il la permission d'entrer ?

Elle n'avait qu'à faire comme si rien ne s'était passé... Oui mais... ils s'étaient juré de ne rien se cacher.

Elle inspira une grande bouffée d'air.

— Bien sûr, entre, mais je voudrais d'abord que tu m'excuses pour hier. Je m'en veux d'avoir pleurniché. Bon, je sais pourquoi je suis émotive en ce moment mais ce n'est pas une raison. D'habitude, je me tiens mieux. Voilà. Je voulais juste m'excuser.

Il entra et vint s'asseoir près d'elle.

— Tu n'as pas à t'excuser, Dora. Ce n'était pas facile pour toi, hier.

Non, Della manquait à la fête.

Elle plissa le front. Elle n'y avait pas fait attention, mais quelqu'un d'autre manquait. Lao Dan. Jusqu'à présent, quand elle pensait à Lao Dan, elle ne voyait qu'Archie, désormais orphelin et de mère et de père, mais Charlie aussi avait perdu son père.

Délicatement, elle posa la main sur son bras.

— Ça a dû être difficile pour toi aussi. Tes sœurs et toi n'avez plus de père. Je te demande pardon, j'aurais dû y penser.

Il hocha la tête.

— Ce n'est pas la même chose, Dora. Mon père était âgé. Il a bien vécu… Il a eu la vie qu'il voulait. Qu'il s'en aille était dans l'ordre des choses. En revanche, Della…

Elle se mordillait les lèvres.

— Il n'empêche, il doit quand même te manquer.

C'était certain. Charlie gérait les affaires de son père et devait le retrouver partout, comme elle voyait Della.

Après un moment de silence, il lui prit la main.

— Il aimait les réunions de famille. C'était important pour lui. Mais t'en imposer une hier… Quelle maladresse ! J'aurais dû réfléchir avant.

Il avait l'air tendu, malheureux.

— Pas du tout. C'était très bien. Tes sœurs sont sympathiques. Je suis contente d'avoir fait leur connaissance. Elles m'ont bien accueillie.

Elle serra ses doigts et se rembrunit.

Elle avait eu le temps de réfléchir et ce qui lui semblait vrai hier ne l'était plus aujourd'hui. Bien qu'elles n'aient rien dit, les sœurs de Charlie ne pouvaient pas approuver ce mariage. Leur frère, épouser une barmaid qu'il connaissait depuis quinze jours ! Quelle farce ! Mais elles n'avaient rien laissé paraître. Par politesse peut-être, mais plutôt parce qu'elles aimaient leur frère et avaient pensé que Charlie et elle s'aimaient.

Que diraient-elles quand elles sauraient la vérité ?

— Qu'y a-t-il ?

Elle osait à peine le regarder.

— Elles nous croient amoureux. On leur a menti, je n'aime pas ça et il va falloir continuer. Moi, je n'ai pas de famille, cela ne me gêne donc pas trop, mais toi, avec tous tes parents, être obligé de faire semblant…

Elle hésita.

— Et il y a ta mère…

Nuria, la veuve de Lao Dan, était au courant.

Dora savait qu'il lui avait annoncé ses fiançailles mais elle ignorait sa réaction. Apprendre que son fils allait épouser la sœur de la maîtresse de son mari… Elle avait dû le prendre comme une gifle.

Il ne répondit pas.

Afin de meubler le silence qui s'éternisait, elle déclara que si Della était là elle ne mentirait pas.

— De toute manière, je ne voudrais pas. Et toi non…

— Ne t'inquiète pas, Dora. Tout va bien.

Il la prit par la taille et l'assit sur ses genoux, lui rappelant la première fois où, déchaîné, il lui avait fait l'amour dans la bibliothèque.

— On a trouvé un *modus vivendi* pour le bien-être d'Archie. C'est ce qui compte, non ?

Facile à dire pour lui, pensa-t-elle. Avec ses hôtels

casinos, il était à la tête d'un empire. Sa vie était équilibrée. Pas la sienne. Rien n'avait jamais marché pour elle. Il s'en fichait, sans doute…

— Écoute-moi, Dora. Tu es une femme formidable. Tu es forte et courageuse. Archie a beaucoup de chance de t'avoir, je ne dis pas cela par démagogie. Je le pense. Sincèrement. Mais je suis sûr que tu ne me crois pas.

Il lui tourna la tête pour la forcer à le regarder.

— Prends ça, dit-il en lui tendant l'enveloppe.

— Qu'est-ce que c'est ?

— Les lettres de Della à mon père.

Les larmes aux yeux, elle regarda l'enveloppe.

— Tu les as lues ?

Sûrement pas, se dit-elle. Sa mère était toujours mariée à Lao Dan quand il était mort. Pourquoi aurait-il lu les lettres d'amour de la maîtresse de son père ?

— Il m'en a montré deux. Après son premier AVC.

Il regarda Archie.

— Je l'emmène. Pendant ce temps, lis-les.

— Non, reste, je préfère que tu restes.

Sur ces mots, elle prit l'enveloppe et en sortit les lettres.

Dora avait toujours été la sœur explosive, écervelée et sans retenue alors que Della donnait l'image d'une femme réservée et raisonnable.

Quelle surprise ! Dans ces lettres, elle se révélait ardente, provocante et passionnée.

Comme moi, tout compte fait, se dit Dora.

Passant tour à tour de la tristesse à la joie, Dora poursuivit sa lecture. Quelle tristesse que le bonheur de Della ait si peu duré ! Son émerveillement d'avoir trouvé l'amour, pour la première fois, transpirait à chaque page.

Bouffie de chagrin, Dora fondit en larmes et, brusquement, se figea. Son nom était là, sous ses yeux, sur la feuille de papier, griffonné à la main.

J'ai hâte que tu connaisses Dora. Elle est bourrée de talent. Elle pourrait faire n'importe quoi mais elle ne me croit pas quand je le lui affirme.

Puis, à la page suivante :

Dora était très excitée quand elle a su pour nous. Notre bébé aura beaucoup de chance d'avoir une tante comme elle.

Les éloges continuaient. Mais elle en resta là. Elle pleurait trop pour continuer à lire.

Anéantie, elle prit Archie sur ses genoux et enfouit le nez dans ses cheveux. Trop de peine, trop de stress, trop de solitude et d'incompréhension... Elle sanglota de plus belle.

Charlie, qui la regardait sans rien dire, finit par lui relever la tête.

— Prends-les, dit-elle, lui tendant les lettres.

— Non, garde-les. Elle aimerait que ce soit toi qui les aies. Et moi aussi.

— Elle ne me parlait jamais de leur relation.

Elle se mordait les lèvres.

— Sans doute parce que j'étais en colère et lui disais des horreurs sur lui.

— Tu avais raison. Il lui a fait beaucoup de mal. Moi aussi j'étais en colère. Contre Della. Elle avait l'air tellement franche, droite, parfaite ! Je pensais la connaître, je lui faisais confiance. En fait...

— Elle t'a choqué ? Fait du mal ?

— Oui, mais elle a fait beaucoup de bien à mon père. Grâce à elle, il a changé. Il est devenu plus tolérant, plus humain.

Il s'arrêta. Elle vit qu'il hésitait.

— Tu as été franche avec moi, je vais être franc avec toi, reprit-il. Mon père aurait quitté ma mère pour ta sœur si je n'étais pas intervenu. Je l'ai forcé à choisir ma mère et moi, plutôt que Della et Archie.

Donc, Lao Dan avait aimé sa sœur. Elle repensa à Della et à la dernière année de sa vie. Elle était tellement triste ! Sans Charlie les choses auraient été différentes…

Mais qu'aurait-elle fait, elle, Dora, à la place de Charlie ?

— Je ne pense pas que tu l'aies obligé à choisir. Je n'imagine pas ton père en homme influençable. Je crois qu'il a fait ce qu'il voulait… avec ta bénédiction !

Il la fixa en silence.

— Je n'ai pas pensé à Della ni à Archie. Je n'ai pensé qu'à moi.

— Et à ta mère. Della était une femme adulte. Elle savait que ton père était marié. Elle espérait sûrement qu'il se libère mais elle n'a jamais regretté.

Si, une fois, après la mort de Lao Dan. Elle avait regretté de ne pas s'être battue pour l'avoir tout à elle.

Elle se gratta la gorge.

— Tu aimes Archie maintenant, mais à l'époque ? C'est comme ton père… Pour moi, à l'époque, il n'existait pas.

Aujourd'hui, il se sentait coupable d'avoir exigé de son père qu'il choisisse. Pour cette raison, il voulait à tout prix s'occuper d'Archie.

— Tu fais ce qu'il faut pour te rattraper, dit-elle. Tu es prêt à faire n'importe quoi pour lui. Même te marier. Il passe avant tout pour toi.

— Pour toi aussi. C'est pour me racheter que je t'épouse, d'ailleurs.

Elle refréna une nouvelle envie de pleurer. C'était vrai, ils se mariaient pour Archie. Elle aurait tant aimé que ce soit, aussi, pour autre chose.

— Passons la journée tous les trois ! dit-il. Comme une famille. Ce soir, nous sortirons. Mais rien que nous deux.

— Maintenant que mes proches sont au courant, je veux présenter ma superbe fiancée au monde entier.

Elle le regarda, essayant de décrypter le sens de cette phrase. Non, il n'y avait pas de sous-entendu. Il avait été on ne peut plus clair : il l'épousait uniquement pour le bien-être d'Archie.

Il faisait déjà nuit quand la limousine quitta la maison pour le *Black Tiger.* Assis à côté de Dora, Charlie, flatté par la beauté de sa fiancée, ne se lassait pas de la regarder. Elle était lumineuse.

Ses cheveux blonds dansaient sur ses épaules dès qu'elle tournait la tête pour le regarder. Elle avait une bouche sensuelle, irrésistible quand elle souriait.

— Sais-tu que tu es très belle ?

Plus que belle, désirable.

Elle portait un fourreau lamé argent qui mettait en valeur sa silhouette de rêve. Et donnait envie de la caresser. S'ils n'avaient pas eu un chauffeur, il ne se serait pas privé de la prendre sur ses genoux et de laisser ses mains caracoler partout…

— Merci, dit-elle. Tu n'es pas mal non plus. Mais, dis-moi, où m'emmènes-tu ?

— Au casino. J'ai pensé que cela pourrait t'amuser de jouer.

Elle éclata de rire.

— C'est embêtant, parce que si je gagne, tu perds !

— Tu vas être ma femme. Je suis gagnant de toute façon.

Leurs regards se cherchèrent, se soudèrent. Elle se pencha vers lui et déposa un petit baiser sur ses lèvres.

— Tu es charmant, tu sais.

Il lui sembla que sa voix tremblait. Qu'elle était triste.

Mais elle approfondit son baiser avec tellement d'ardeur et il le lui rendit avec tant de fièvre qu'il en oublia sa tristesse.

Assise devant la table de jeux, elle s'amusait comme une folle. Après avoir gagné à la roulette, elle reperdit tout au black jack.

Ils s'installèrent ensuite au Bar pour goûter le fameux Tiger Martini.

— Hum, c'est bon ! dit-elle. Qu'y a-t-il dedans ?

— Je ne sais pas vraiment. Orson, notre barman, garde jalousement sa recette.

Elle fit le tour du bar des yeux et s'arrêta sur le piano ouvert dans un coin.

— Quelqu'un y joue ? demanda-t-elle.

— Bien sûr. D'ailleurs, je crois qu'on attend le pianiste.

Justement, un jeune homme arrivait. Après un salut, il commença. Ses doigts dansaient sur les notes. C'était fascinant mais Charlie ne l'écoutait pas, il n'avait d'yeux et d'oreilles que pour Dora, émerveillée par le virtuose.

— Quel talent ! s'exclama-t-elle. J'aimerais jouer comme lui.

Il y avait encore de la tristesse dans sa voix. Elle essayait de donner le change mais il n'était pas dupe. Si elle trompait les autres, elle ne le trompait pas, lui. Elle avait été bouleversée par les lettres de sa sœur. Effarée de lire que Della vouait, à cœur ouvert, à corps offert, un amour sans bornes à son amant.

Il prit son verre et but. Le pianiste avait terminé sa prestation et Dora, enthousiaste, applaudissait à tout rompre. Elle avait retrouvé sa belle humeur.

— Qu'en penses-tu ? lui demanda Charlie.

— Il est formidable.

— Sois honnête ! On s'est promis de ne pas se mentir.

— OK, il est bon mais je le trouve paresseux. Il me donne l'impression de se cacher derrière les mélodies. Il est vrai qu'on ne peut pas être excellent à chaque fois.

— Ah ?

Se rappelant les vidéos qu'il avait visionnées, il ajouta :

— Toi, tu l'étais.

Elle fit un pauvre sourire.

— Justement ! Parce que j'étais malheureuse. J'avais l'impression que tout dans ma vie partait à vau-l'eau. Je n'étais bien que lorsque je chantais.

— Tu veux dire qu'il faut être malheureux pour faire un bon artiste ?

— Pas malheureux. Non. Il faut avoir envie, besoin de quelque chose, très fort. Pas d'argent. De quelque chose qui te comble intérieurement. Et puis zut, je n'arrive pas à m'exprimer !

— Si, très bien. Tellement bien que j'aimerais te proposer un job.

— Ah ?

— Oui. Que dirais-tu de superviser la partie divertissements de notre société ?

— Mais… Que dira celui qui en est responsable actuellement ?

— Il n'y a personne et, c'est évident, il nous faut quelqu'un.

— Tu es sérieux ?

— Bien sûr. Cela fait un moment que j'y pensais mais je n'avais pas trouvé la personne adéquate. Mais ça y est, je l'ai trouvée.

— Je vais y réfléchir.

Déçu par le peu d'enthousiasme qu'elle manifestait, il faillit reprendre sa proposition.

— Comme tu voudras, dit-il, contrarié.

Mais passait-elle vraiment à côté de sa chance ? Vivre au

sein de la famille présentait des avantages – luxe insensé, vie facile –, mais la contrepartie était sans pitié. Seuls les plus résistants survivaient. Ses sœurs et lui porteraient à vie les stigmates d'une compétition sans fin…

Franchement, avait-il le droit d'embarquer Dora et Archie dans cette galère ?

Il la regarda. Elle avait les joues rouges et riait, tout excitée.

— Ça va ? lui demanda-t-il, étonné.

— Très bien.

Il serra sa main. Il avait très envie de partir, de se retrouver seul avec elle, loin des autres, loin de tout. Il la voulait toute à lui.

Il serra sa main encore plus fort, comme si ce geste pouvait l'aider à évacuer ses doutes.

— Tu n'as pas faim ? dit-il brusquement.

Elle hocha la tête.

— Alors, allons-y.

Ignorant les hommes de la sécurité, il sortit avec elle et la serra contre lui.

— J'en ai assez de tous ces gens. J'ai envie d'être seul avec toi.

— Tu m'emmènes vers la mer ? Je croyais que tu voulais me faire visiter la ville.

— La ville, ce sera pour plus tard.

La mer était noire, luisante, comme vernie. Un bateau magnifique, toutes voiles dehors, attendait au bout de la jetée.

— On dirait une jonque de pirates, s'exclama Dora.

— En ce cas, je t'embarque ! Tu seras ma prisonnière.

Avant de monter à bord, elle enleva ses chaussures.

— Dans mes bras ! dit-il.

— Et si je veux m'échapper ?

Il posa sur elle un regard étrange, brillant, comme si une forte fièvre s'était soudain emparée de lui.

— Je vais faire en sorte que tu n'en aies pas envie. Dis-moi ce qui pourrait te retenir. Tu penses à quelque chose ?

Elle monta sur la pointe de ses pieds et, l'embrassant tendrement, murmura :

— Oui.

La tenant dans ses bras, il monta à bord et descendit dans la cabine où il la déposa sur la couchette.

Impatiente, fébrile, folle de désir, elle n'attendit pas, elle défit sa cravate, sa chemise…

— Aide-moi, susurra-t-elle.

Levant les mains, elle prit son visage et l'embrassa avec fougue. Engoncé dans son pantalon qui maintenant le serrait, il défit sa ceinture et lui empoigna les cheveux.

Alors, sans hésiter, elle défit sa fermeture et le libéra.

Il sentit ses doigts l'empoigner puis la tiédeur humide de sa bouche, et sa langue qui courait sur lui.

La tenant toujours par les cheveux, il se cambra, gémit, soupira. L'entendant souffler puissamment, elle se remit debout.

— Déshabille-toi, supplia-t-il.

Son sang cognait dans son ventre, dans ses reins, dans ses tempes et il la regardait, affolé à la pensée de ne pouvoir l'attendre.

Elle dégagea ses épaules, faisant glisser sa robe à ses pieds. Elle le fixa et, sans le quitter des yeux, retira son string.

Au départ, il avait prévu de lui faire l'amour lentement, de prendre son temps pour savourer chaque parcelle de ce corps sublime, mais il n'en pouvait plus. Ses muscles étaient tétanisés, ses reins en feu, un feu qui se propageait à tout son corps et allait le consumer si…

Elle dut penser la même chose en même temps car elle l'attira à elle, plaqua ses seins nus contre sa poitrine nue et happa sa bouche.

Les mains autour de sa taille, il la serra de toutes ses forces et répondit à son baiser. Elle frissonna. Elle le sentait, dur contre elle, si dur et tentant qu'elle ne put résister. Elle le reprit dans sa main et le caressa.

C'était plus qu'il ne pouvait supporter.

La prenant par les hanches, il la renversa sur le lit, la retourna, la tête et les genoux dans le plaid. Il s'allongea sur elle, peau contre peau, embrassa son cou et, empoignant ses hanches, la pénétra violemment.

Passant une main sous elle, il prit un de ses seins, et en pinça le mamelon, puis il glissa sa main plus bas, entre ses jambes entrouvertes. Elle poussa des petits cris de bonheur, ce qui décupla son excitation.

— Oui… Oh oui ! gémit-elle.

Elle haletait, ondulait au rythme qu'il lui imposait. Leurs corps vibraient en cadence, tendus, prêts pour le bonheur suprême.

Brusquement, elle se tordit sous lui. Encouragé par son ardeur, il plongea une nouvelle fois en elle, lui arrachant un cri de joie auquel il joignit le sien.

Aucun d'eux ne souhaitant quitter le bateau, il commanda des plats qu'il se fit livrer à bord et ils mangèrent au lit. Puis ils refirent l'amour, plus doucement cette fois, et Dora, épuisée, s'endormit.

Il souffla. Il se sentait plus calme, apaisé.

Elle se retourna sur la couchette et il la regarda. Entre eux, il n'y avait pas qu'une attirance physique. C'était autre chose.

Tout à l'heure, au casino, il s'était senti tiraillé. Pendant l'anniversaire d'Archie, aussi. Chaque fois, il avait ressenti comme un déchirement entre deux extrêmes. Il pensa à ce que Dora lui avait dit. Combien elle détestait l'idée qu'il fasse croire à ses sœurs qu'ils s'aimaient, alors que leur mariage n'était qu'un mensonge.

Bien sûr, elle ne pouvait pas comprendre le fonctionnement de sa famille.

Ses sœurs savaient que son père lui avait demandé de tout faire pour amener Archie à Macao. Bien qu'elles ne croient pas ces fiançailles sincères, elles avaient fait semblant, au nom des apparences. Elles connaissaient la partition. Du moins le croyaient-elles. Car les choses avaient changé. Dorénavant, c'était décidé, il suivrait son cœur.

Il l'aimait. Oui, il aimait Dora.

Il avait beau retourner leur histoire dans tous les sens, il en arrivait à la même conclusion.

Il était amoureux d'elle.

Que faire ? La réveiller et le lui dire ? Comment allait-elle réagir ?

Il l'avait mise au pied du mur. Lui avait fait du charme pour la circonvenir et la forcer à l'épouser. Il l'avait manipulée. Cela pour Archie. Et il allait, maintenant, lui avouer ses sentiments ? La belle blague ! Il n'était pas crédible.

9.

Dora se réveilla très tôt. Le soleil encore bas diffusait une lumière blanche, assez vive pour lui faire ouvrir les yeux. Un bras en travers de ses cuisses, Charlie dormait.

Attendrie, elle le regarda, assoupi. Il avait le front barré d'une mèche de cheveux qu'elle dut se refréner pour ne pas toucher.

Ce qui se passait entre eux était digne d'un scénario de film de série B. Il était beau, sexy, intelligent et riche. Et il faisait l'amour comme un dieu. Elle…

Elle préféra penser à autre chose.

Mais immanquablement ses pensées la ramenaient à lui. Il avait été honnête avec elle. Lui avait dit clairement qu'il l'avait fait venir à Macao et demandée en mariage pour Archie. Aucune tendresse, aucun sentiment là-dedans… Il avait bien insisté.

Il n'empêche… Elle avait l'esprit confus. Il s'était passé tant de choses en si peu de temps ! L'accident de Della, la garde d'Archie, sa rencontre avec Charlie…

Et puis il y avait le passé, ce passé qui la rattrapait toujours, lui faisant désirer des choses inaccessibles pour elle.

Elle souleva le bras de Charlie et s'assit. Elle avait oublié qu'ils étaient dans la cabine d'un bateau. À la hâte, elle prit la chemise qu'il portait hier et la passa. Il n'y avait personne sur le pont. Elle alla à la proue du voilier et, appuyée au bastingage, inspira à fond l'air frais du matin.

Le soleil montait dans le ciel zébré de traînées jaunes. À terre, les hôtels et les casinos étaient toujours illuminés. Les verts, les rouges, les roses fluo des enseignes brillaient de tous leurs feux. Tout comme ces néons les papillons, Charlie l'avait attirée.

Elle rêvait de rencontrer un homme comme lui depuis toujours.

Cela lui avait tellement manqué !

À y bien réfléchir, Charlie avait des points communs avec sa sœur. En particulier, le sens des responsabilités. Il suffisait de voir comment il avait pris sa famille en main après le décès de leur père. Une famille à laquelle elle appartenait maintenant, lui avait-il dit.

Peut-être était-ce pour cette raison qu'elle se sentait un peu décalée ? Chez elle, même quand son père vivait encore avec Della et elle, ils n'avaient jamais formé une famille. Ils vivaient sous le même toit mais il menait sa propre vie.

Della avait été à la fois une mère et une sœur pour elle. Alors, se retrouver subitement dans un groupe aussi soudé lui semblait irréel. Et lui donnait le tournis.

Elle s'y ferait. Elle se ferait à tous ces bouleversements.

Elle regarda le foc qui battait dans le vent et soupira. Faire l'amour dans la cabine d'un bateau, quel romantisme ! Elle avait adoré.

— Salut !

Elle se retourna, cligna des yeux dans la lumière du soleil. Il était sur le pont, les cheveux en bataille. Son pantalon, qu'il n'avait pas boutonné jusqu'en haut, laissait voir son ventre musclé.

— Salut ! répondit-elle sur le même ton.

Mon Dieu qu'il était beau, et séduisant !

Il avança et s'arrêta devant elle. Elle avait encore envie de lui et il devait le voir…

— Je t'ai emprunté ta chemise, dit-elle. Ça ne te gêne pas ?

— Pas du tout. Elle te va mieux qu'à moi.

Sans lui laisser le temps de commenter, il l'attira à lui et, plongeant les mains dans ses cheveux, l'embrassa.

En mal de tendresse, elle se blottit contre lui. Mais il recula.

— Tu aurais dû me réveiller.

— Oh non ! Tu es adorable quand tu dors.

— Les bébés sont adorables. Les chiots aussi.

Un éclat étrange passa dans son regard. Il leva les yeux vers le ciel et suivit sans rien dire le vol de deux mouettes qui piquaient vers l'eau puis remontaient très vite pour plonger de nouveau.

Respectant son silence, elle attendit qu'il parle, tendue, persuadée qu'il avait quelque chose d'important à lui communiquer.

— À propos d'hier soir, commença-t-il, tu as réfléchi ? Au sujet du job, au casino.

C'était la dernière question à laquelle elle s'attendait. Surprise, elle le regarda.

— Oui, pourquoi ? Tu as changé d'avis ?

C'était certain, il avait réfléchi et allait annuler sa proposition. Elle qui se réjouissait déjà d'être responsable du programme attractions du casino, c'était raté ! Comme d'habitude !

— J'ai besoin de quelqu'un qui comprenne ce métier. Quelqu'un en qui je puisse avoir confiance.

Ses traits étaient tirés mais sa voix douce.

— J'aimerais que ce soit toi.

Une bouffée de chaleur lui monta aux joues. Enfin quelqu'un qui croyait en elle, cela lui était rarement arrivé. Même avec Della, elle n'avait jamais eu l'impression de compter pour quelque chose. D'être *un peu* importante.

Ce sentiment, elle ne l'avait connu que lorsqu'elle se produisait sur scène.

Pourtant Della avait tout fait pour elle mais c'était la grande sœur, posée, raisonnable…

Dora haussa les épaules. Elle avait toujours pensé qu'elle n'arrivait pas à la cheville de sa sœur. Alors qu'avec Charlie… Malgré l'immense décalage de moyens – Charlie était immensément riche –, elle ne sentait pas de différence entre eux. Peut-être le fait d'être co-parents d'Archie lui donnait-il cette impression ?

— Moi aussi.

— Ma belle femme, ma talentueuse femme, dit-il dans ses cheveux, tu vas les rendre fous le jour de nos fiançailles.

Des fiançailles ?

Remarquant son étonnement, il s'excusa.

— Oh pardon ! Je voulais t'en parler hier soir mais ça m'est sorti de la tête.

Hier soir… Elle rougit au souvenir de ce qui s'était passé sur la couchette. Il l'avait retournée et…

La veille, ils ne s'étaient imposé aucune limite. Leur désir fou l'un de l'autre leur avait fait perdre la raison et ils s'étaient tout permis, toutes les audaces, tous les délires. Ils avaient satisfait leurs fantasmes les plus secrets, les moins avouables… Elle rougit de plus belle.

Il lui prit le menton et la força à le regarder.

— Mes sœurs sont en train de tout organiser. Les mondanités, c'est leur truc. Cela ne t'ennuie pas ?

Ils allaient donc se fiancer… officiellement. Compte tenu du poids de la famille Lao dans cette région du monde, les fiançailles du fils aîné de Lao Dan ne passeraient pas inaperçues.

Mais sa mère ? Nuria serait sûrement invitée. En d'autres circonstances, elle aurait déjà fait sa connaissance mais elle était la sœur de Della, la maîtresse de son mari et, même s'il était décédé aujourd'hui, les sentiments de Nuria étaient faciles à imaginer. Pour preuve, Charlie avait évité de les présenter.

Bien qu'elle ne soit pas en cause, un fond de mauvaise conscience lui noua la gorge. Elle faillit évoquer Nuria mais n'osa pas. Au fond, leur relation ne la concernait pas.

— Je peux peut-être les aider, quand même ? dit-elle timidement.

— Je ne sais pas, je leur demanderai.

— Tu veux voir ce que je sais faire avant de m'engager dans ton casino, dis-le.

Il la regarda, l'air grave, puis déboutonna la chemise qu'elle lui avait empruntée et passa la main dedans. La chaleur de ses doigts sur ses seins la fit frissonner. C'était bon, et si doux !

— J'ai vu tout ce que je voulais voir. Tu es parfaite.

Son cœur se mit à cogner si fort qu'elle pensa qu'il devait le sentir battre sous sa main.

De quoi parlait-il ? De son corps ? De son ardeur au lit ?

Les battements de son cœur redoublèrent. Elle commença à sentir sa tête tourner. Non, il parlait d'autre chose.

Elle se mit à trembler. À espérer. À croire qu'il la trouvait parfaite pour partager sa vie. Qu'il la voulait dans sa vie. Qu'il la voulait pour elle, pour ce qu'elle était. Dora Thorn.

Elle reprit ses esprits.

Non, ce n'était pas vrai. Elle prenait son rêve pour la réalité. Son amour pour lui l'aveuglait.

— Tu pourrais nous faire une faveur, reprit-il. Je te l'ai déjà dit, nous sommes nuls en chant. En plus, leur goût musical est… comment dire… assez médiocre.

Elle essaya de sourire en ne pensant qu'à fuir pour échapper à une nouvelle torture.

— Je vois ! Ce n'est pas ton style.

Il caressa sa joue.

— Apparemment, tu n'es pas très enthousiaste. Autre chose alors, dit-il. Samedi, c'est Qingming. La Toussaint, si tu préfères. C'est un jour très important. Toute la famille ira au cimetière pour honorer nos ancêtres.

Toute la famille !

— Tu veux dire… Archie et moi aussi ?

— C'est beaucoup te demander, je sais. Mais oui, j'aimerais que vous m'accompagniez.

— Es-tu sûr que ta famille ne trouvera rien à redire ? demanda-t-elle, pensant à Nuria.

— Non. Pourquoi ? Archie est un Lao et tu seras bientôt mon épouse.

Il la serra contre lui et prit ses lèvres qu'il embrassa avec passion. Quand il reprit son souffle, le vent qui s'était levé faisait battre le foc et soulevait ses cheveux blonds. Elle tremblait.

— Tu as froid ?

— Un peu.

Il la serra encore plus fort lui faisant sentir la violence de son désir.

— Alors, rentrons nous mettre au chaud.

Cela faisait deux fois que Charlie, debout devant la glace de la salle de bains, défaisait son nœud de cravate. Pour une raison étrange, il n'arrivait pas à le centrer.

— Tu veux que je le fasse ?

L'esprit ailleurs, il n'avait pas vu Dora entrer. C'était normal, on célébrait Qingming aujourd'hui, le jour des morts, et son père…

Elle s'approcha et, maladroitement car ses doigts tremblaient, triturait la cravate. Elle avait coiffé ses cheveux en arrière, en chignon et portait une robe et des escarpins noirs. Elle était parfaite.

— Ne me regarde pas comme ça, murmura-t-elle.

— Comme quoi ?

— Tu le sais bien.

Elle releva la tête crânement.

— Voilà, le nœud est fait. Maintenant, à toi. Remonte ma fermeture Éclair, s'il te plaît.

Elle se tourna et baissa la tête. Ce cou offert, cette peau douce, il ne put résister, il l'embrassa.

Cela faisait plusieurs jours maintenant qu'il se retenait mais, aujourd'hui, c'était décidé, il allait lui dire que ses sentiments pour elle avaient changé. Que, pour lui, il ne s'agissait plus d'un arrangement pour le bien-être d'Archie mais de bien autre chose.

Qu'il l'aimait. Que son cœur s'affolait chaque fois qu'il la voyait, la tenait, qu'il entendait sa voix. Que son désarroi le réduisait en miettes dès qu'elle disparaissait de sa vue…

Les mains sur ses épaules, il l'attira à lui et embrassa ses cheveux.

Je t'aime. C'était facile à dire tout bas. Tout bas, il pouvait aussi lui dicter la réponse qu'il espérait. Mais tout haut ?

Elle n'avait aucune raison de l'aimer. Comment une femme, surtout elle, pouvait-elle s'intéresser à un type comme lui qui ne cessait de lui asséner qu'il ne l'aimait pas et ne l'épousait que pour le bonheur d'un enfant ?

Lui avouer ses sentiments, aujourd'hui, risquait de provoquer la réaction inverse de celle qu'il espérait.

Tendu, manquant d'air, il serra les dents.

— On devrait descendre, dit-elle. Les voitures nous attendent.

Il la regarda sans rien dire. Il allait encore attendre avant de lui avouer son amour. Ce n'était pas le moment. L'heure était au recueillement dû à son père.

Conduits par un chauffeur, ils se rendirent au cimetière. Sans dire un mot.

La tombe des Lao tenait du mausolée. Le somptueux monument funéraire était plus grand et plus imposant encore que les autres. Des traînées de fumée flottaient sur la colline environnante qui renvoyait en écho le craquement des pétards troublant le calme des lieux. Les autorités avaient eu beau les interdire, la population, attachée aux traditions, désobéissait.

Tenant Archie par la main, Charlie enleva la poussière et les feuilles mortes qui jonchaient la pierre tombale sur laquelle Lei et Sabrina avaient déposé des lys et des chrysanthèmes.

Pris d'un sentiment de culpabilité, il hocha la tête. Préoccupé par la promesse faite à son père, il ne s'était guère soucié d'elles ces derniers temps. L'important, c'est qu'elles aient fait semblant d'accepter Dora.

D'un revers de la main, il chassa une herbe desséchée. Si l'on devait se souvenir des morts, on devait aussi penser aux vivants. C'est ce que les dons que l'on brûlait et les pétards qui claquaient symbolisaient : la vie.

Dora lui serra la main.

— Ça va ?

— Oui. Merci d'être venue et de m'avoir laissé amener Archie. Rentrons maintenant.

Une fois de retour, ils marchèrent jusqu'à la falaise qui tombait à pic dans l'océan. L'air était tiède et une brise marine soufflait.

— Tiens, dit-il à Dora. Prends ce cerf-volant et écris dessus tout ce qui te fait peur. Tes craintes s'envoleront avec lui quand tu le lâcheras.

— Faisons-le ensemble, dit-elle.

Les mots griffonnés sur le cerf-volant, ils le donnèrent à Archie qui le lâcha.

— Et voilà ! s'exclama Charlie.

Mais le cœur n'y était pas. S'il avait rempli ses obligations envers son père et les ancêtres, et réussi à réunir sa famille, il avait échoué sur le plan personnel. Mais peut-être était-ce son lot ? S'effacer.

Ils rentrèrent, déjeunèrent et mirent Archie au lit pour une sieste. De nouveau seuls, ils s'assirent sur le canapé.

— Que dirais-tu d'aller nager ? proposa-t-elle.

Elle vit qu'il s'étirait.

— Tu as mal au dos ?

— Oui, enfin non. Excuse-moi, je ne suis pas d'agréable compagnie.

Il prit sa main et la tension dans son dos diminua.

Dora agissait comme un antidote à tous ses maux. C'était un amour de femme qui lui apportait l'apaisement. Mais il s'obligeait, depuis si longtemps, à ignorer ses sentiments qu'il n'admettait même pas l'idée de ressentir quelque chose.

— Charlie ?

Elle hésita.

— Tu ne penses pas qu'il faudrait que je rencontre ta mère avant notre soirée ?

— Je crains qu'une visite en privé ne soit trop difficile pour elle. Avec d'autres personnes, pendant le cocktail, ce sera moins pénible.

— C'est pour cela qu'elle est allée au cimetière dans sa propre voiture au lieu de venir avec nous ? Je suis désolée, c'est ma faute.

— Non, c'est la mienne. J'ai très mal organisé cette journée. J'ai négligé ma mère, entre autres choses.

Un flash passa devant ses yeux. Il venait de s'imaginer le rictus de dédain de son père s'il l'avait entendu reconnaître son erreur.

Il regarda Dora et le visage de son père s'éloigna comme la fumée des pétards, tout à l'heure, au cimetière.

— J'ai raté beaucoup de choses. Je me suis trompé dans

mes priorités. J'ai laissé tomber les personnes qui ont le plus besoin de moi. Il faut que cela cesse.

Il le voulait vraiment. Il voulait se libérer de ses obligations qui lui pesaient comme autant de corvées et donner à Dora et Archie une vie différente de la sienne, cette vie d'apparences qu'il ne supportait plus.

Hélas, il le savait, une fois marié, Dora et Archie, comme lui, ses sœurs, sa mère et ses belles-mères s'effaceraient derrière la façade lisse que devait présenter sa famille.

— Je ne suis pas celui que tu crois, Dora.

10.

Rien, ni le nombre de Rolls, de robes haute couture, de rivières de diamant, de yachts amarrés au ponton, ne l'avaient préparée au luxe qui s'étalait dans les salons de réception du *Black Tiger* où avait lieu le cocktail de leurs fiançailles. Les sœurs de Charlie avaient bien fait les choses. Il avait raison de dire que c'était leur domaine.

Un millier d'invités, triés sur le volet, avaient dîné de toasts au caviar, au foie gras, et autres gourmandises arrosées de champagne millésimé. Ils se pressaient maintenant sur la piste de danse, au rythme endiablé d'un orchestre de jazz.

— J'adore le jazz. Ces musiciens sont étonnants.

Charlie inspira une grande bouffée d'air.

— *Tu* es étonnante.

Il porta les yeux sur la superbe robe en crêpe grise qu'elle portait.

— Tu as tout d'une star hollywoodienne.

— Tes sœurs ont un goût très sûr, répondit-elle. C'est grâce à elles.

Elle caressa le revers en satin de son habit.

— Tu as tout d'un mannequin, lui dit-elle, n'osant ajouter ce qu'elle avait sur le bout de la langue et qui la démangeait.

C'était étrange. Ils fêtaient leurs fiançailles et elle devait feindre de l'aimer, alors qu'elle n'avait qu'une envie, lui déclarer son amour.

— Dora, Archie a renversé mon verre sur lui, je vais le changer.

Archie dans les bras, Lei, dans une ravissante robe en soie rose fuchsia, s'était approchée d'eux.

— Je m'en occupe, dit Dora.

— Je t'accompagne, insista Lei.

— Non, restez là, la nounou va se charger de lui, déclara Charlie.

Voyant sa mère, Archie lui tendait ses petits bras.

— Laisse la nounou tranquille, Charlie. On s'occupe de lui, Dora et moi.

Notant une faille dans la voix de Lei, Dora soupçonna une souffrance rentrée. Elle ne se trompait pas.

— Cela fait deux ans que nous essayons d'avoir un enfant, commença Lei. Nous avons fait des examens. Tout est normal. Et pourtant…

— Deux ans. Je crois que j'abandonnerais, répondit Dora. Je n'ai pas ton courage. Mais c'est toi qui as raison d'insister. Ça marchera un jour, tu verras. En attendant, exerce-toi avec Archie.

Lei, qui couvait Archie de son regard, se tourna vers Dora.

— Charlie a beaucoup de chance de t'avoir. Archie aussi.

Dora sourit. Lei lui plaisait et elle se serait volontiers confiée à elle comme elle le faisait avec Della.

— Lei…

C'était Thomas, son mari.

— Votre mère est là.

— Je viens.

Lei posa l'enfant. Dora entendit la porte se fermer et prit Archie dans ses bras. Elle l'embrassa dans le cou, ce qui le fit rire aux éclats.

— Il ressemble à Charlie au même âge, dit une voix derrière elle.

Stupéfaite, Dora plaqua la main sur sa poitrine et se retourna. Nuria Rivero n'était pas encore arrivée quand Lei avait quitté la réception pour suivre Dora, mais elle était là maintenant.

— Pardon de surgir à l'improviste mais je voulais faire la connaissance de la jeune femme qui va épouser mon fils. En privé, pas au milieu de cette foule.

La voix était étrange. À la fois douce et rauque avec une pointe d'accent. La femme était belle. Pas très grande mais très mince avec de grands yeux verts, des cheveux noirs lumineux, des pommettes hautes et la même bouche que Charlie.

Nuria s'approcha et caressa la petite main.

— Il est très mignon. Quel âge a-t-il exactement ? Un an ?

Gênée, Dora sourit. Della avait volé le mari de cette femme et c'était elle, maintenant, qui lui prenait son fils.

— Je suis désolée, dit Dora. Désolée de ce que ma sœur vous a fait.

— Moi aussi, déclara Nuria. Je suis navrée de ce que mon mari lui a fait… de ce que je l'ai laissé lui faire.

Un bref silence s'installa, puis elle demanda :

— Vous aimez mon fils ?

— Je l'ai détesté, au début.

Elle savait maintenant qu'elle ne l'avait pas détesté. Au contraire. Elle avait tout de suite été séduite et cette attirance lui avait fait peur.

— Mais j'ai appris à le connaître. Comment dire ? Quand je suis avec lui, je redoute le moment où la journée va se terminer. Quand je me réveille, je me réjouis de devoir passer des heures avec lui.

— Il éprouve la même chose pour vous, dit Nuria. Toute sa vie, il a appris la retenue. Pas de démonstration.

Ne jamais afficher ses sentiments. Mais je connais mon fils, je sais qu'il vous aime.

Mais Nuria était la mère de Charlie. Elle voyait ce qu'elle voulait voir et ne pouvait imaginer que son fils se marie sans amour.

Dora soupira. Dans ces conditions, comment pouvait-elle lui dire la vérité ?

— Protégez bien cet enfant, ajouta-t-elle souriant à Archie. Protégez-le mieux que je n'ai protégé Charlie.

— Ah, vous êtes là ! Je vous cherchais partout.

Dora et Nuria se retournèrent en chœur. C'était Charlie.

— Tout va bien ? demanda-t-il, visiblement inquiet.

— Tout va bien. Je m'apprêtais à redescendre avec Archie. N'oublie pas que nous annonçons nos fiançailles à trois heures.

Sur ces mots, Dora s'éclipsa.

Charlie regarda sa mère. Elle avait les larmes aux yeux. Il embrassa sa main.

— Pardon, Maman. J'ai eu tort. Je n'aurais pas dû te laisser à l'écart comme je l'ai fait. Je t'ai délaissée, j'ai honte de moi. Si tu savais…

— *Chuuuut* ! dit-elle hochant la tête. Je sais, mon chéri. Je sais. Mais on ne peut pas réécrire l'histoire. Ce qui est fait est fait. Aujourd'hui, je veux entendre parler de l'avenir. Dis-moi, avez-vous arrêté une date pour le mariage ?

— Le trois septembre, en principe.

— C'est bien, tout le monde sera là. Je sais que la famille, c'est important pour toi. Mais dis-moi, tu n'épouses pas Dora pour faire entrer Archie dans la famille ?

— Si.

— Je ne te crois pas. Je sais que tu l'aimes.

— Non. C'est impossible. Je ne sais pas aimer.

— Mais si. Tu l'aimes et elle t'aime aussi.

Il releva la tête et toisa sa mère.

— Mais non. Elle m'épouse pour Archie. C'est tout.

Il était détruit, broyé intérieurement, mais il s'interdisait de le montrer. Un Lao ne pouvait pas laisser paraître le moindre signe de faiblesse.

Sa mère lui sourit. La tristesse se lisait sur son visage un peu fané par des années de chagrin.

— Elle t'aime, Charlie. Elle t'aime vraiment. Ton père ne m'a jamais aimée. Il m'a désirée et ne m'a épousée que lorsqu'il a su que tu étais un garçon. J'aurais dû divorcer depuis longtemps, mais je n'en ai pas eu le courage. Par lâcheté, je t'ai fait du mal, je regrette de ne pas avoir été plus forte pour toi.

Sa mère ne lui avait jamais parlé avec cette franchise. Et pour cause… Pour plaire à son père, il l'avait négligée.

— Tu étais jeune, Maman. Tu as fait de ton mieux.

— J'étais jeune et j'avais peur de me retrouver seule. Je me suis dit qu'il valait mieux que je reste. Pour toi. Tu es un garçon bien, Charlie. Efforce-toi maintenant d'être encore meilleur.

Sur ces mots, ils retournèrent dans le grand salon. Soulagé d'un poids, Charlie se sentait en paix avec lui-même.

La soirée se déroula comme prévu. Tout était parfait, lisse, comme toujours quand les Lao recevaient. C'était comme dans un film…

Si ce n'est que ce n'était pas du cinéma. C'était la vraie vie avec de vraies personnes, pas des acteurs.

Mais où était donc Dora ?

Il balaya la salle du regard et aperçut ses cheveux blonds. Archie dans les bras, elle bavardait avec ses sœurs. La voir avec sa mère avait été un moment de grande émotion. Il était pétri de remords, de honte et d'espoir, mais il avait surtout eu peur.

Dora l'aimait-elle ? Pouvait-elle l'aimer après ce qu'il lui avait fait endurer ?

La rejoignant, il lui prit la main. Elle leva les yeux, des yeux gris qui pétillaient d'amour. À cet instant, Arnaldo tendit un micro à Charlie qui se tourna vers l'assemblée.

— Bonjour, chers amis. Merci à tous d'être ici avec nous aujourd'hui…

Il s'arrêta, imaginant le visage de son père approuvant sa démarche.

— Comme vous le savez, j'ai une annonce à vous faire.

Il jeta un coup d'œil à ses sœurs. Lei, Josie et Sabrina affichaient toutes un sourire de circonstance. Attristé, il chercha sa mère des yeux. Elle était là, avec les autres veuves de son père. Qu'allaient devenir toutes ces femmes ?

Restait Dora… Dora la généreuse, prête à tout donner par amour pour Archie, par amour pour lui. La vie lui avait déjà beaucoup pris, beaucoup plus qu'elle ne lui avait donné. L'idée de lui enlever ce qu'il aimait chez elle, son enthousiasme, ses éclats de colère, sa défiance, sa candeur, lui sembla soudain insupportable.

Rendant le micro à Arnaldo, il se tourna vers elle.

— Je suis désolé, balbutia-t-il.

Sur ces mots, ignorant le murmure qui courait parmi les invités, il pivota et quitta la pièce.

Suffoquée, Dora le regarda partir. Dans ses bras, Archie suivait Charlie des yeux comme s'il comprenait qu'un drame se jouait dans les salons du *Black Tiger*.

Sous le choc, les invités ne savaient plus que dire. Ni que faire. On aurait entendu une mouche voler. Dora commença à suffoquer. Il l'avait quittée. Comme cela, froidement, sans explications. Dans sa panique, elle aperçut les visages des trois sœurs et celui de Nuria. Tout près d'elle.

Elle n'hésita pas.

— Tiens, Lei. Prends-le, dit-elle en lui tendant Archie.

— Pas de problème. Prends tout le temps qu'il te faudra.

Soulevant le bas de sa robe, Dora louvoya entre les groupes d'invités. À l'accueil, il n'y avait pas de Charlie. Elle réfléchit très vite. Bien sûr ! Elle savait où il était parti.

Courant aussi vite qu'elle pouvait – elle s'était débarrassée de ses escarpins – elle fila vers la jetée. Elle avait vu juste. Il était là, appuyé au bastingage, les yeux perdus sur l'horizon. Quand il se retourna, son visage était tellement fermé qu'elle faillit battre en retraite.

— Charlie…

— Non, Dora. C'est fini.

— Non, ce n'est pas fini.

Elle se planta devant lui.

— Ce n'est pas fini parce que je t'aime.

— Je sais.

Il fouilla son regard.

— C'est pour cela qu'il faut que nous en restions là.

Elle hocha la tête.

— Arrête ! Ce que tu dis n'a aucun sens.

— Tu dis cela parce que tu ne comprends pas comment les choses se passent ici.

— Parle, alors ! Dis-moi.

Il la dévisagea.

— Entrer dans la famille Lao implique trop de sacrifices. Je refuse de vous imposer ça, à toi et à Archie. Vous valez mieux que ça.

— Toi aussi.

— Non. Je ne suis pas quelqu'un de bien. Toute ma vie, j'ai fait passer les affaires avant le reste. Mes sœurs, ma mère…

— Et pourquoi ?

Elle ne jugeait pas, elle voulait seulement comprendre.

— Je vais te dire. Ma mère était la maîtresse de mon père. Il ne l'a jamais aimée. Elle était trop exigeante, trop sensible. Il ne voulait pas l'épouser, même pas quand il a su qu'elle était enceinte. Mais quand il a appris qu'elle attendait un garçon, l'idée que son nom se perpétue l'a fait flancher ; il a divorcé d'Ina, la mère de Josie et de Sabrina, et a épousé ma mère qui était terrifiée à l'idée de le perdre. Tu sais ce qu'on dit, *quand un homme épouse sa maîtresse…*

Elle fit oui de la tête. Elle connaissait l'adage.

— Ils sont restés mariés mais ne vivaient pas ensemble. Il a compensé, évidemment. Il lui a acheté une belle maison, l'a mise à l'abri de tout. Il ne lui demandait qu'une chose, l'accompagner à toutes les soirées mondaines où il était convié. Bref, jouer les épouses modèles.

Elle voulut lui répondre mais déjà il poursuivait, vidant son cœur comme il ne l'avait jamais fait.

— Elle l'a laissé m'apprendre à devenir son digne successeur. J'aurais pu vivre avec elle mais il était tellement exigeant – il attendait beaucoup de l'héritier au trône – qu'elle a préféré le laisser m'élever. Elle en avait le cœur gros, et moi aussi.

Dora hocha la tête. C'était pour cela que Nuria lui avait recommandé de bien protéger Archie, parce qu'elle-même avait baissé les bras.

Intarissable, il reprit.

— J'ai eu peur de finir comme ma mère, comme mes sœurs, comme leurs mères… à la disposition de mon père. Alors, je me suis fabriqué une carapace. Je suis devenu égoïste. J'avais – et j'ai toujours – une mère et je ne l'ai jamais laissée remplir son rôle.

— Il n'est pas trop tard.

Il la serra contre lui et se mit à rire nerveusement. Par docilité, par prétention, par bêtise tout simplement, il était sur le point de perdre Dora.

— Je ne me suis jamais épanché comme ça, dit-il, le nez dans ses cheveux. Tu m'as changé. Quand je t'ai rencontrée, j'étais inaccessible. J'avais oublié qui j'étais, ce que je voulais être et tu m'as trouvé.

— Moi aussi, tu m'as changée, Charlie. Grâce à toi…

— Je ne veux pas ressembler à mon père, l'interrompit-il.

— Ne t'inquiète pas pour ça.

— Si. J'ai peur.

— Charlie, tu as quitté la réception, laissant en plan tes nombreux invités. Ils ne doivent rien comprendre. Tu ne penses pas que nous devrions y retourner ?

— Tu crois ?

— Oui. Ce serait plus correct.

— Correct ? Correct ? Je me fiche d'être correct.

— Si nous nous marions, il faudra…

— Je ne me marie pas pour être correct.

— Bien sûr, mais…

— Je ne me marie pas non plus pour Archie. Je me marie parce que je t'aime, Dora. Et que tu m'aimes aussi. Au fait, où est Archie ?

— Avec Lei.

Elle hésita.

— Elle m'a dit de prendre tout mon temps.

— En ce cas…

Ignorant sa surprise, il la prit dans ses bras et descendit dans la cabine.

— … Les invités attendront.

Épilogue

Dora s'approcha du piano et frappa quelques touches. Il était tôt et elle ne voulait pas réveiller Charlie.

Du bout des doigts, elle rejoua les mêmes notes et fredonna.

Ça revient. Je retrouve ma voix.

Au début, elle avait senti qu'elle reprenait confiance en elle, cette confiance qu'elle avait totalement perdue. Puis, peu à peu, beaucoup de choses avaient changé.

Elle regarda l'alliance qui brillait à son doigt.

Cela faisait quatre mois qu'ils étaient mariés. Charlie lui avait offert ce piano à queue en cadeau de mariage. Un cadeau qu'elle avait beaucoup apprécié même si la seule chose qui lui tenait à cœur, c'était de l'avoir à elle, lui, *son* Charlie.

Il était tout pour elle. Son cœur, son âme, son amour. Il ressentait la même chose, lui aussi.

Leur mariage avait été célébré dans l'intimité. Quelques amis proches, pas de reporters. Juste Nuria, sa mère, ses sœurs et leurs conjoints et, bien évidemment, Archie.

Lui aussi avait changé. Il piquait de petites colères, normales chez un enfant de cet âge qui veut commencer à s'affirmer.

Elle recommença à jouer. Les touches vibraient sous ses doigts, libérant les sons qu'elle aimait tant. Sa renaissance était magique.

Heureuse, elle sourit au bonheur retrouvé avec Charlie.

Il avait tenu à ce que tous les deux se fassent aider par un psychologue pour comprendre et venir à bout des sentiments de culpabilité, de colère, de désespoir qui les rongeaient. Ces séances avaient été bénéfiques. Chacun d'eux avait fait le travail de deuil et fini par accepter ce qu'ils estimaient inacceptable.

Accepter ne voulait pas dire oublier.

Elle se regarda dans la glace et se dit qu'elle souriait bêtement. Elle n'avait jamais été aussi heureuse et ne pensait pas qu'un bonheur aussi total puisse exister.

Un bruit derrière elle, comme quelqu'un qui frappe dans ses mains, la fit se retourner. Entendant le piano, Charlie s'était levé. Il était encore en pyjama et, les cheveux en bataille comme la nuit, quand il lui faisait l'amour, et il applaudissait.

— Tu aurais dû me réveiller, mon amour.

— Mais, tu dormais.

— C'était quoi, ce morceau que tu jouais ?

— Une chanson que j'avais écrite pour moi. Mais que je n'avais jamais chantée en public. Elle m'est revenue ce matin.

Voyant Dora rougir, il s'avança mais elle le devança et se jeta à son cou. Le nez dans ses cheveux, il inspira son odeur. Le parfum enivrant du bonheur.

Grâce à sa femme chérie, beaucoup de choses avaient changé dans sa vie. Il parlait de lui maintenant, de ce qu'il ressentait, de ce qui le blessait ou l'emplissait de joie, et de sa solitude pendant toutes ces années passées à essayer de satisfaire les ambitions de son père.

Heureusement, c'était du passé maintenant. Aujourd'hui, toujours grâce à Dora, il voyait sa mère et ses sœurs. Ses vieux démons revenaient parfois le hanter – son besoin de faire semblant, de garder ses distances pour se protéger des autres – mais il les chassait vite, ces intrus !

— Il ne te manque pas trop ?

Ils avaient laissé Archie à Nuria qui n'avait su comment les remercier de le leur confier. Elle adorait cet enfant. Quant à ses sœurs, elles venaient très souvent les voir. Lei, qui avait découvert qu'elle était enceinte, venait s'exercer au métier de maman auprès de Dora qui faisait office de coach !

— Si, il me manque mais il est entre de bonnes mains. Et puis, j'avais envie d'être un peu seule avec toi.

Il opina, presque oppressé par le trop-plein de tendresse qu'il nourrissait pour elle. Heureusement, il était maintenant capable d'exprimer ses sentiments.

— Moi aussi, mon ciel bleu.

Il la serra contre lui et l'embrassa tendrement.

— Il faut en profiter, dit-elle. Quand le bébé sera là, nous n'aurons plus autant de temps à nous.

— On a encore un peu de temps, dit-il. Lei, ce n'est pas avant le nouvel an.

— Je ne parlais pas de Lei, rectifia-t-elle d'un ton mystérieux.

Elle prit sa main et la posa sur son ventre pas encore arrondi.

— Tu… Tu attends un bébé ?

Elle leva les yeux vers lui et ses grands yeux gris s'illuminèrent.

— *Notre* bébé, corrigea-t-elle.

Le premier choc passé, un immense sourire éclaira son visage tandis que des larmes de bonheur noyaient ses yeux.

— Notre bébé, répéta-t-il.

— Oui, notre bébé. Nous allons former une famille maintenant, dit-elle doucement.

Il la prit dans ses bras et l'embrassa avec tendresse tandis que les premiers rayons de soleil inondaient la pièce d'une lumière dorée.

La journée, l'avenir s'annonçait sous les meilleurs auspices.

Retrouvez prochainement, dans votre collection

AZUR

Amoureuse d'un roi, de Maisey Yates - N°4367

Parce qu'elle a grandi au royaume de Liri, Tinley a le sens du devoir. Pourtant, le jour où le roi Alexius de Prospero se met en tête de lui trouver un époux convenable, pour honorer une promesse faite à son père, elle est désespérée. Certes, si elle n'est pas mariée avant son vingt-troisième anniversaire, elle devra renoncer à son héritage. Mais comment pourrait-elle se résoudre à une union de convenance avec un inconnu quand, depuis toujours, elle brûle de désir pour Alexius ?

Danse avec un cheikh, de Clare Connelly- N°4368

Un vent de rébellion souffle en Johara. Pour quelques heures, elle veut tout oublier : son statut de princesse, ses responsabilités et le mariage auquel elle doit se soumettre pour assurer la paix dans la région… C'est à l'occasion d'un bal que sa vie bascule, entre les bras d'un sublime inconnu. Après la nuit torride qui les unit, Johara découvre en effet avec stupeur que son amant mystérieux n'est autre que le cheikh Amir d'Ishkana, qui voue une haine farouche à sa famille. Dès lors, Johara n'a d'autre choix que de conclure une alliance avec son ennemi et, pour cela, de le suivre dans son palais du désert…

Inoubliable promesse, de Kali Anthony - N°4369

Elle a rompu sa promesse, il ne le lui a jamais pardonné. Autrefois, Eve et Gage se sont follement aimés, malgré la haine qui opposait leurs familles respectives. Pourtant, la nuit où tous deux avaient convenu de fuir pour se marier en secret, Eve est restée. Pire, soumise à un odieux chantage de la part de son père, elle a dû rejeter l'homme de sa vie… Depuis, leurs sociétés se livrent une guerre impitoyable, nourrie par le ressentiment de Gage. Et s'il a demandé à la revoir, sept ans après leur séparation dramatique, c'est pour lui annoncer qu'il a gagné la bataille. Eve perdra tout, à moins qu'elle ne répare ce qu'elle a autrefois brisé… en l'épousant !

L'épouse de Leon Petrakis, de Dani Collins - N°4370

Une liaison passionnée, un mariage éclair – puis la rupture, inévitable. Cinq ans plus tôt, Leon Petrakis est sorti de la vie de Tanja aussi vite qu'il y était entré, lui brisant le cœur au passage. Si depuis lors son époux ne lui a donné aucune nouvelle, il débarque soudain sur l'île d'Istuval, à son grand soulagement, pour la tirer de la situation périlleuse dans laquelle elle se trouve. À présent qu'ils sont réunis, Tanja exige de Leon qu'il joue enfin auprès d'elle son rôle de mari, du moins officiellement. Car, si le côtoyer de nouveau est une perspective qui la bouleverse, c'est à ce prix seulement qu'elle pourra adopter le bébé qu'elle aime déjà plus que tout au monde…

Une dangereuse héritière, de Maya Blake - N°4371

Parce qu'il est le dernier des Fiorenti, Maceo a une responsabilité : faire prospérer l'empire familial bâti par ses aînés dans le secteur de la confiserie. Hélas, alors que Casa di Fiorenti aurait dû lui revenir exclusivement, il découvre qu'une part de la société appartient désormais à Faye Bishop, une parfaite inconnue. Quelle est cette héritière qui menace brusquement ce à quoi il a consacré toute sa vie ? Déterminé à le découvrir, Maceo la convoque dans sa villa de Capri. Or cette rencontre ne fait qu'attiser sa méfiance. Car sous les dehors innocents de la belle, il en est sûr, se cache une croqueuse de diamants…

Fiancée à un milliardaire écossais, de Louise Fuller - N°4372

Rompre ses fiançailles avec Farlan Wilder est la décision la plus difficile que Lady Antonia ait jamais prise. Si elle a dû suivre les injonctions de sa famille, sa rupture avec le bel Écossais a laissé un grand vide en elle. Aussi, quand elle revoit Farlan après sept années de regrets et de solitude, Antonia se sent revivre. Hélas, s'il est de retour à Lamington Hall, le manoir familial, ce n'est pas pour renouer avec elle mais pour lui rappeler sa trahison. Plus encore, Farlan est là pour assouvir sa vengeance…

Rencontre au palais, de Jessica Gilmore - N°4373

Emilia retient son souffle tandis qu'elle découvre le palais royal d'Armaria. Le bal d'été qu'elle est chargée d'organiser au château restera dans les annales, c'est certain ! Aussitôt, elle se met à l'ouvrage, résolue à se montrer à la hauteur de l'événement. Lorsqu'elle rencontre un bel inconnu dans les jardins secrets, elle croit vivre un conte de fées. Se pourrait-il qu'elle ait trouvé l'amour dans ce lieu enchanteur ? Rien n'est moins sûr, car celui qui a fait chavirer son cœur n'est autre que Laurent, le souverain d'Armaria. Un homme qui lui sera à jamais inaccessible…

Ce patron si secret, de Susan Meier - N°4374

SÉRIE : *LES MILLIARDAIRES DE MANHATTAN* - 3/3

La vie de Danny Manelli ne sera plus jamais la même. Il vient de découvrir qu'il est l'un des héritiers d'un milliardaire mais surtout, qu'il a un fils de deux ans ! Parce qu'il ne connaît rien aux enfants, Danny s'empresse de recruter une nourrice, en la personne de Marnie Olsen. Si la jeune femme se révèle parfaite auprès du petit garçon, elle est bientôt source d'inquiétude pour Danny. En effet, le désir qui le pousse vers elle est aussi intense que malvenu. Et puis, il a l'impression que Marnie lui dissimule un secret…

Liaison à Saint-Pétersbourg, d'Abby Green - N°4375

SÉRIE : *LA DYNASTIE MARCHETTI* - 2/3

Un inconnu d'une beauté à couper le souffle. Sans réfléchir, Zoe saisit son appareil pour le prendre en photo. Un bien mauvais réflexe, car l'Apollon se révèle être Maks Marchetti. Un homme d'affaires qui, poursuivi depuis toujours par les paparazzis, tient à tout prix à préserver sa vie privée. Malgré leur rencontre houleuse, Zoe et Maks sont immédiatement liés par un désir intense et entament une liaison dont ils savent qu'elle sera éphémère. Seulement, à mesure que Zoe passe du temps dans les bras de son amant, à Saint-Pétersbourg ou Venise, elle sent poindre en elle des sentiments interdits…

La tentation d'une innocente, de Jackie Ashenden - N°4376

SÉRIE : *LA COURONNE D'AXIOS* - 2/2

Avec humilité, Anna pénètre dans le palais royal d'Axios, une forteresse médiévale nichée au pied des montagnes. Et dire que c'est dans ce lieu grandiose et chargé d'histoire qu'elle vivra, avant d'entrer dans les ordres ! Pour une raison qu'elle ne s'explique pas, elle a en effet été recommandée par la mère supérieure auprès du roi lui-même pour être la préceptrice de la princesse sa fille. Est-elle seulement qualifiée pour le poste ? Les doutes d'Anna grandissent encore lorsqu'elle fait la rencontre du souverain. Car Adonis Nikolaides éveille aussitôt en elle un trouble inédit, intense… et interdit.

Une exquise vengeance, de Tara Pammi - N°4377

Le plan de Riya est simple : faire croire à Nathaniel Keys qu'elle s'apprête à vendre le manoir familial pour l'obliger à revenir au domaine et faire la paix avec son père. Elle ne supporte plus de voir le vieil homme, qui l'a élevée comme sa propre fille, souffrir de l'absence de son fils unique. Ce qu'elle n'avait pas prévu, c'est que l'adolescent d'autrefois se serait mué en homme impitoyable. Un homme qui, furieux d'avoir été piégé, a pris le contrôle de l'entreprise qu'elle a créée et menace aujourd'hui de licencier tous ses employés. Malgré elle, Riya doit se rendre à l'évidence : elle est à la merci de Nathaniel. Et, à en juger par la lueur prédatrice qui brille dans son beau regard azur, elle devine qu'il entend profiter pleinement de sa vengeance…

PASSIONS

Rêve. Trahison. Tentation.

Un homme et une femme.
Deux héros que tout oppose.
Ils n'ont rien en commun…
Ils ne croient plus en l'amour…
Ils sont amants… Ils sont rivaux…
Ils n'étaient pas censés s'aimer.
Et pourtant…
Ils vont renouer avec la passion.

6 livres à découvrir tous les mois.

DIVERTIR • INSPIRER • ÉMOUVOIR

HARLEQUI
www.harlequin